임봉근
임다운
산문집

안온

나의 사랑, 나의 가족에게
그리고 다운 님, 성민 님에게

2026년 봄,
임봉근

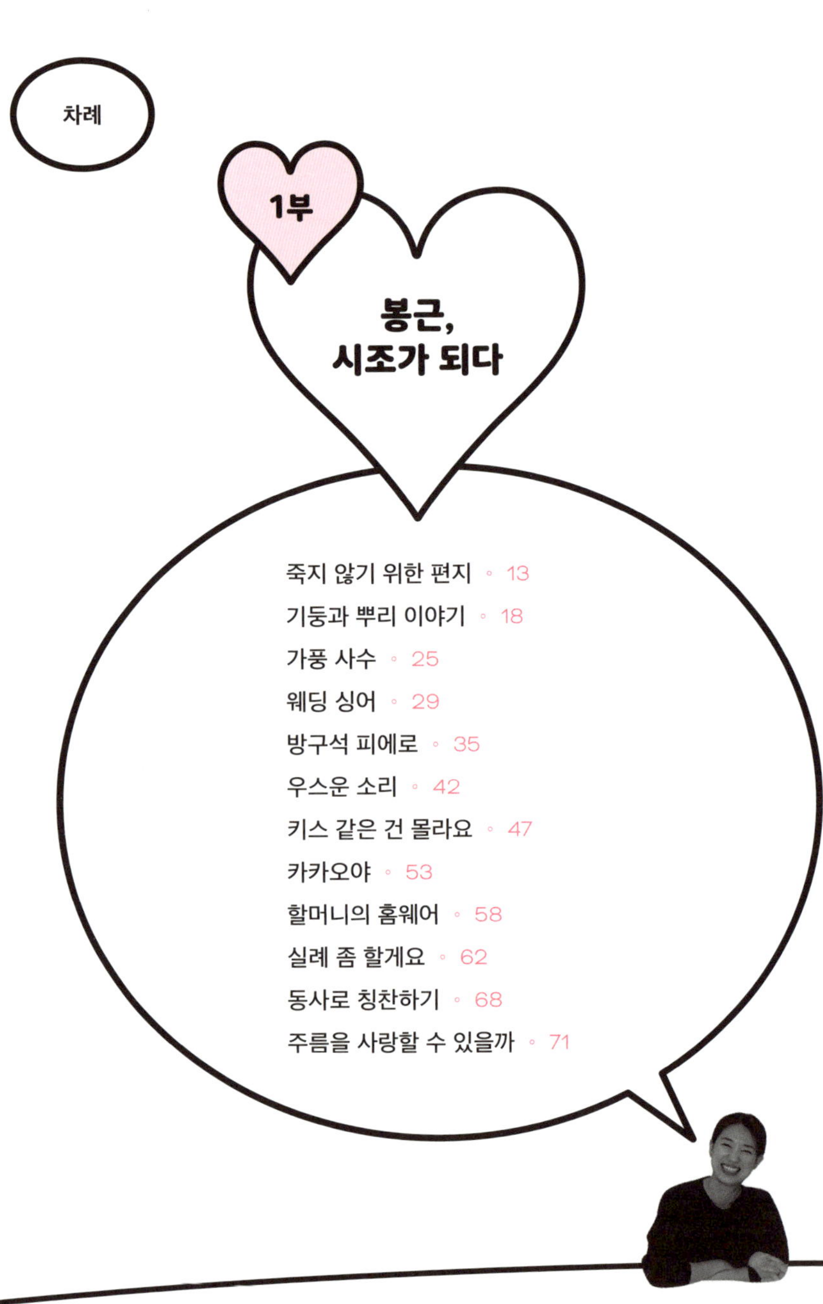

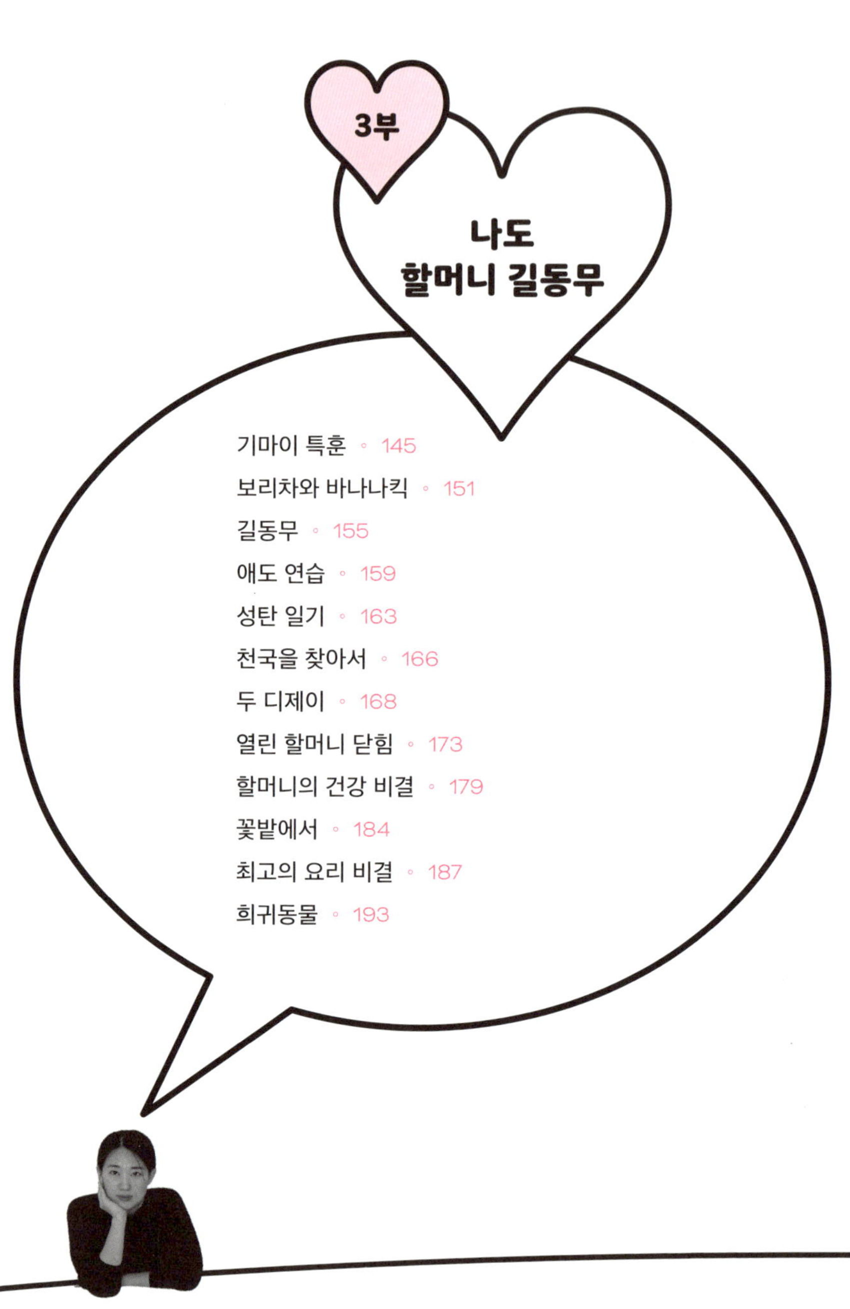

1부
봉근,
시조가 되다
다운 씀

죽지 않기 위한 편지

배고파 죽겠다. 힘들어 죽겠다. 짜증 나 죽겠다…….

사람들은 입에 죽겠다는 말을 달고 살지만 실제로 그런 이유로 죽는 사람은 거의 없다. 대개 그냥 하는 소리라는 뜻이다. '아이고'처럼. 하지만 할머니가 외로워서 딱 죽겠다고 했을 때는 그 말이 허투루 들리지 않았다. 진실이 될 수도 있겠다고 생각했다.

할머니는 1931년생. 내 아버지의 어머니다.

할머니는 30년 동안 아들과 며느리 그리고 손녀인 나와 살다가 2년 전에 한동네 사는 두 딸(그러니까 나에게는 고모들)이 집 근처에 방 하나를 얻어주어 혼자 살기 시작했다. 늦깎이 자취생인 셈이다.

고모들이 몇 년이라도 가까이에서 할머니를 모시고 싶다고 당신들 집 바로 앞에 할머니의 방을 얻어주겠다고 했을 때, 정작 할머니는 마뜩잖아했다. 아들을 끔찍이 사랑해서 떠날 수 없었던 것은 아니다. 할머니 표현에 따르면 아빠는 '효자도 불효자도 아닌 놈'이지만 '그래도 나를 끝까지 데리고 살 자식'이었는데 갑자기 아들과 떨어져 혼자 살게 된 상황에 덜컥 겁이 났을 것이다.

등 떠민 것은 나였다. 할머니는 아빠와는 평생, 엄마와는 결혼하던 날부터 함께 산 사람이었으며 동시에 나를 기른 사람이었고, 나에게는 가장 친한 친구 같은 존재였다. 내가 결혼하고 나면 집에는 환갑을 넘긴 엄마 아빠와 구순을 넘긴 할머니, 이렇게 세 사람이 남겨질 터였다.

"아들 며느리랑 30년 살았으면 같이 오래 살았지 뭘. 딸들이 집 근처로 이사 오라고 방도 얻어주니 할머니는 자식 복도 많다. 내가 한 달에 한 번씩 찾아갈 테니까 할머니 혼자 독신 여성으로 살아봐."

할머니를 위한 말이기도 했지만 엄마 아빠를 위한 말이기도 했다. 어머니를 모시고 사는 게 당연한 줄 알았던 아빠, 그런 아빠와 결혼하면서 시어머니를 모시고 살게 된 엄마는 결혼하고 둘만의 시간을 가져본 적이 없다. 30년 넘게 네 명이 실컷 지지고 볶았으니, 이제는 할머니도 나도 없는 집에서 두 사람만 알콩달콩 살면 좋겠다고 생각했다.

할머니는 한참을 고민하다 이사를 가겠다고 했다. 이사하기 며칠 전 아빠는 할머니를 모시고 공원 산책을 하고 왔다. 할머니가 "느이 애비가 나 간다고 A급으로 서비스하더라. 공원에 있는 관람 열차까지 태워주든디, 갈대가 아주 볼만하더라" 했다. 아빠가 갈대밭에 주저앉아서 애처럼 울더라는 얘기는 나중에야 들었다. 할머니를 무작정 이해하고 온전히 사랑하기 어려울 때도 많았겠지만, 그래서 효자도 불효자도 아니었지만, 그래도 할머니를 마지막까지 모시고 살 거라 생각했을 아빠의 복잡하고 어려운 마음이 느껴졌다.

할머니에게 일주일에 한두 번 전화한다. "살만 혀?"

할머니와 얘기할 때는 충청도 사투리가 튀어나온다. 기분 좋은 날에는 독립하니 세상 편하고 좋다고 했다가, 어쩐지 외롭고 슬픈 날에는 뜬금없이 고려장을 아느냐고 물어본다. "딸들이 지근거리에 있고, 손주들이 바로 옆에 살면서 수시로 찾아가고 밥도 같이 먹는데 고려장이라는 말은 너무 심한 거 아녀?" 하면 "것도 그려" 하고 전화를 끊는다. 그러다 코로나로 모두가 옴짝달싹하지 못하던 어느 날 할머니는 외로워 죽겠다고 했다.

할머니는 매일 '자다가 죽게 해주세요'라고 기도한다. 중한 병으로 병원에 입원한 채 죽지 않고 서서히 몸이 쇠해 집에서 죽게 해달라고. 열렬한 기도발이 먹혔는지 다행히 할머니는 말짱한 정신으로 허리 꼿꼿하게 펴고 매일 아침저녁 산책을 다닌다. 하지만 할머니의 세계는 날마다 조금씩 어두워지고 조용해지며 가만해지고 있다. 사람들 사이에 있어도 빠릿빠릿하게 대화에 끼어들지 못하고 멀뚱하게 입맛을 다시는 할머니. 전화할 때마다 자고 있었다는 할머니. 나이를 먹으면서 외로워지는 것은 어쩌면 자연스러운 일일지도 모르겠다. 그래서

조금이라도 덜 외롭게 해주겠다며 할머니에게 편지를
써달라고 먼저 요청했다. 내게 편지를 써서 산책할 겸
동네 우체통까지 걸어가서 넣고 오라고. 그러면 나도
답장하겠다고.

편지는 오지 않았다. 할머니 집 근처에서 우체통을 본
것 같았는데, 할머니 걸음으로는 너무 먼 거리였던 것
같다. 대신 할머니는 매일 쓴 편지지를 봉투가 미어터지
게 넣어놓고 나를 기다리고 있었다. 노란색 노트를 매일
한 장씩 세로로 길게 반 접어 착착 개어둔 편지. 할머니
는 매일 편지를 쓰면서 나에게 말을 걸고 스스로를 살리
고 있었다. 이제야 나도 할머니를 떠올리며 늦은 답장을
쓴다. 할머니가 외로워 죽지 않기를 바라면서.

기둥과 뿌리 이야기

나의 할머니 임봉근은 1931년 충청남도 서천에서 태어났다. 다음 자식은 막대기나 뿌리 같은 것이 달려 나오라고 딸 이름을 봉근奉根이라고 지었단다. 받들 봉에 뿌리 근. 받들 봉에 나무 목을 더하면 막대기를 뜻하게 된다. 끝순이, 말자보다는 은유적이면서도 상당히 망측한 이름인 셈인데, 부모의 강력한 의지가 무색하게도 동생은 태어나지 않았고, 할머니는 부잣집 외동딸로 자랐다.

봉근은 어려서부터 책 읽는 것을 세상에서 제일 좋아했다. 비가 내리면 처마에서 떨어지는 빗소리를 들으면서 책을 읽고, 겨울에는 설중에 책을 읽었단다. 계집애라면 소학교도 안 보내던 시절 할머니는 이화여대 국어국문학과에 들어갔다. 수학이며 다른 과목 점수는 바닥이었지만 면접장에서 《상록수》에 대한 감상을 줄줄 외니 진짜 책을 억수로 좋아하는 애인가 보다 하고 붙여준 것 같다고.

대학교를 졸업하면 고향에 돌아가 국어 선생이 되어야지. 그렇게 살다 보면 어쩌면 교장까지도 할 수 있을 거라고 봉근은 생각했다.

그러다 한 남자를 만났다. 일본에서 대학을 나와 고등학교 영어 선생이 된 남자는 교지에 실린 봉근의 글을 우연히 보고 동네 사람들에게 글쓴이가 어디 사는지 물어물어 봉근의 집을 찾아왔다. 그 뒤로 장장 5년을 쫓아다닌 결과 두 사람은 식을 올리게 됐다.

"할머니, 결혼하던 날 기억나?"

"잉. 전날 밤에 자려고 누웠는데 밖이 시끄러워. 동네 사람들이 다 모여서 전 부치고 고기 삶고. 근디 내가 밤새도록 생각했어. 지금 도망치면 어떻게 될까? 난리가 나겠지, 하고."

봉근을 결혼 전날까지 고민하게 했던 남자는 결혼하자마자 사업을 하겠다며 증조부에게 땅을 만 평이나 얻어냈다. 그는 온 동네 사람들을 모아놓고 자신의 원대한 꿈을 연설하기도 했다는데, 봉근은 살면서 그만큼이나 말 잘하는 사람은 보지 못했단다. 시골 어른들은 봉근의 남편이 일본에서 공부하고 온 사람이기도 하고 야심과 배짱이 있어 큰 인물이 되려는 모양이라며 집마다 있는 재산, 없는 재산을 다 헐어서 그에게 갖다주었다. 그는 광산을 한다고 했다가, 학교를 짓는다고 했다가, 농장을 하겠다면서 거창한 계획을 자꾸 바꾸었다.

"돈을 그렇게 가져가서는 뭘 했는지 모르지. 몇 년 동안 사라졌다가 갑자기 뒷산을 넘어 나타나서는 항시 집에 있던 사람처럼 굴어. 그러다가 애 하나씩 까고 다시 없어지더랑게."

아이가 셋이 되도록 그가 무슨 일을 하는지 제대로 아는 사람이 아무도 없었고, 그렇게 끌어간 돈도 흔적 없이 사라졌다. 농사짓던 땅을 담보로 잡아 돈을 마련했던 봉근의 일가친척은 줄줄이 폭삭 망해버렸다. 내 남편이 온 집안을 망하게 했다고 절망할 무렵, 동네 청년이 봉근에게 조심스럽게 이야기해주었다. 당신 남편이 다른 여자와 살림 차린 것을 봤다고. 그를 앞세우고 간 단칸방에는 남편과 젊은 여자 그리고 갓난쟁이가 있었다.

"내가 들어가니께 셋이 날 멀뚱멀뚱 보고 있대. 여자는 자그마허니 순하게 생겼더라고. 단칸방이니께 부엌에 칼이 보이대. 그걸로 다 찔러 죽이고 나도 죽으면 좋겄는디, 생각했지. 딱히 내가 그 남자를 가지고 싶어서도 아니고, 그냥 그러고 싶더라고."

할머니는 칼을 잡는 대신 인생에서 할아버지를 도려냈다.

"시장에서 제일 큰 가방을 사서 그 사람 옷을 다 넣어가지구 그 여자헌티 줬어. 차비까지 들려 보냈지."

남편이 일가친척을 망하게 한 것도 모자라, 바람까지 났다는 걸 봉근은 그제야 알았다. 그뿐 아니었다. 남편은 그의 고향에 본처와 아이 둘을 두고 있었던 것이다. 막장 드라마 부럽지 않은 전개다.

남편의 짐을 모조리 새 부인에게 들려 보낸 봉근은 그

럼에도 그의 흔적이 집에 남아 있다는 것을 알았다. 그것은 바로 아이들 이름 앞에 붙은 성이었다. '김씨'를 떼어버리기 위해 할머니는 호적에 있는 아이 성을 자기 성으로 바꿨단다. 당시 그게 어떻게 가능했는지는 모르겠지만 호적을 수기 관리하던 허술한 시절이어서 그랬나 보다, 하고 짐작할 뿐이다.

봉근의 아들과 두 딸은 하루 아침에 김씨에서 임씨로 '성이 갈려'버렸다. 모든 것이 뒤집어진다 해도 절대 바뀌지 않을 성이 바뀌었으니 아이들은 난리가 났다. 그래도 봉근은 당당했다.

"그전까지는 하늘이 매일 흐리멍덩하고 누렸는데 애들 성을 바꾸고 나서부터는 하늘이 다시 파랗게 보이고, 달도 밝게 보이더랑게. 밥도 잘 먹히고 쑥쑥 내려가. 애들한테는 미안했지마는 내가 살려면 어쩔 수가 없었어."

할머니가 자녀들의 성을 바꿔버린 사건은 우리 집안의 오랜 비밀이었다. 결혼하기 전에 아빠와 고모들은 자신들의 배우자가 될 사람들에게 어째서 자기 성과 어머니의 성이 같은지, 이 괴이한 근본 없음에 대해 구구

절절 설명해야 했다.

아빠는 결혼하고 엄마에게 아이를 낳기 싫다고 했단다. 그래서 엄마는 이 사람 아무래도 고자인 건가 싶었다고. 하지만 또 고자는 아니어서 네가 나왔다고 했다. 어쩌면 아빠는 '대'라는 것을 어떻게 이어나가야 할지 막막했던 게 아닐까.

봉근이 환갑 되던 해, 내가 나왔다. 봉근은 까탈스러운 사람이기는 했지만 그 시대 할머니들처럼 아들 하나쯤 있어야 한다는 말 한마디 없이 "딸 하나면 그만이다" 하고 맞벌이하는 부부를 대신해서 나를 돌봤다. 자기 자식들 키울 때는 사는 게 지옥 같아서 애들이 어떻게 크는지도 모르겠더니, 나를 키우면서 애 키우는 재미를 알았다고.

봉근이라는 이름 속 뿌리와 기둥은 남동생 같은 것 없이 스스로를 시조로 만들었다. 보통 뿌리 깊은 집에서는 시조가 어떻게 살았는지 후손들이 기억하고 따른다는데, 우리 집안 사람들은 전국 팔도 여자들을 꾀고 다니던 남자에게 속수무책으로 속아 넘어간 봉근의 천진

함과 모든 게 망해버린 순간에도 관공서를 구워삶아 애들 성을 갈아엎은 봉근의 뻔뻔함을 기릴 필요가 있지 않을까.

가풍 사수

결혼을 했으니 혼인신고라는 것을 하러 구청에 갔다. 혼인신고서에는 한 줄의 안내가 있었다.

자녀의 성본을 모의 성본으로 하는 협의를 하였습니까?

성민과 나는 결혼하기 전에 바로 그 협의를 했다. 그것도 아주 공개적이고 우발적으로.

결혼식 보름 전, 처음으로 스탠드업 코미디 무대에 섰다. 사실 결혼식은 걱정할 것이 하나도 없었다. 식장도 잡아놨겠다, 청첩장도 다 돌려놨겠다. 하지만 스탠드업 코미디는 100명 넘는 사람들 앞에서 10분 동안 온전히 혼자 떠들어야 했다. 같이 결혼 준비하던 사람에게는 미안한 일이지만 스탠드업 코미디 대본을 결혼식보다 열 배쯤 열심히 준비한 것 같다.

나는 할머니 이야기를 했다. 할머니가 얼마나 웃기고 괴상한 사람인지. 너무 괴상한 나머지 아이들의 성까지 갈아버렸다고. 그렇게 성이 갈려버린 아들의 딸이 바로 나라고. 내 이름 앞에 붙어 있는 성은 할머니가 물려준 것이라고. 가족들 모두 비밀이라고 하니까 더 소리 내 얘기하고 싶었다. 진짜로 그렇게까지 평생을 꽁꽁 싸맬 만큼 수치스러울 일인 건지 묻고 싶었다. 이야기를 마치고 사람들에게 물었다.

"제가 며칠 있다가 결혼을 하는데요. 만약에 아이가 생기면 제 성을 따라야 할까요, 아니면 남편 성을 따르는 게 좋을까요?"

당연히 관객들 모두가 임 씨! 라고 소리쳤고, 얼떨결에 관객으로 왔던 성민이 네네 그렇게 해야지요, 공약한 것이 우리의 협의였다. 펜을 들고 성민에게 괜찮지?

물었다. 성민은 고개를 끄덕끄덕했고 '예'라고 체크해서 제출했다. 혼인신고서를 받아 든 구청 직원이 내용을 확인하더니 우리에게 물었다.

"이거 제대로 쓰신 거 맞으세요?"

"네."

"애기가 엄마 성 따르게 되는 거 아세요?"

"네."

"이거 한번 이렇게 하시면 못 바꾸는 거 아시죠?"

"네…… 네?"

사실 그것까지는 몰랐다. 호기롭게 체크하고 나서 이제 와 "아…… 그러면 제가 지금 뚜렷한 자녀 계획도 없는데 괜한 수선 부리지 말고 그냥 남들 하는 대로 할까요?" 하기도 애매한 노릇이었다.

마음을 다잡고 다 알고 있으니 진행해주시라 했더니 한숨을 쉬면서 창구 뒤편에서 서류 한 장을 가지고 왔다. 절대로 이 결정을 무르지 않겠다는 서약서였다. 호주제가 폐지된 지 십수 년이 되었는데 아직도 무서운 표정의 어르신이 민원실 구석에서 "호주제 사라지면 국민 모두 짐승된다!” 호통치는 듯했다.

생기지도 않은 아이의 성을 미리 정하라고 몰아붙이고, 남들처럼 선택하지 않은 사람에게는 후회하지 않겠느냐며 다시 몰아붙이는데 끝까지 소신을 지킬 수 있는 사람이 얼마나 있을까. 나만 해도 100명 넘는 사람들 앞에서 공개적으로 약속하지 않았더라면, “그냥 남편 성 따를게요” 했을 것이다.

혼인신고를 무탈하게 마치고 집에 돌아와 아직 세상에 존재하지 않는, 존재하게 될지 알 수 없는 아이가 태어난 뒤의 일을 상상했다. 유난스럽다는 말을 몇 번이나 듣게 될까. 어쩌면 아이도 왜 설명하기 귀찮게 엄마 성을 줬냐고 원망하지는 않을까. 그러면 뭐라고 해야 할까. 이렇게 말하면 될 것이다.

“아이야, 아이가 엄마 성을 따르는 것이 우리 집안의 가풍이란다. 혹시라도 불만이 있거든 너도 나중에 알아서 바꾸거라. 마음 내키는 대로 사는 것 역시 가풍이란다.”

웨딩 싱어

"어째 아무리 봐도 질리지가 않아."

할머니는 우리 집에 올 때마다 내 결혼식 영상부터 보고는 한다.

내가 생각해도 꽤 재미있는 잔치였다. 아무도 코로나 바이러스가 뭔지도 몰랐던, 그래서 모두가 마스크 없이 온 얼굴로 인사하던 2020년 1월이었다. 나는 무릎까지 오는 원피스를 입고, 성민은 허리까지 내려오는 웨이브 머리를 찰랑이며 복도를 뛰어다니면서 손님을 맞았다. 두 손을 잡고 무대 앞으로 나가 우리가 어떻게 처음 만났는지, 어쩌다가 전혀 다른 세계에 살던 두 사람이 이

자리까지 오게 되었는지 이야기했고, 주례를 대신해 양가 부모님의 인터뷰 영상을 틀었다. 그리고 축가 순서. 관객석에서 스포트라이트를 받으며 걸어 나와 마이크를 잡고 천천히 노래를 시작하는 이는 바로 할머니. 할머니는 TV 속으로 빨려 들어가듯 허리를 앞으로 내밀고 그 순간을 떠올리는 것이다.

축가는 보통 노래 제법 하는 친구들에게 부탁하기 마련이다. 어떤 결혼식은 유명 가수가 등장하기도 한다. 하지만 나는 음정과 박자가 맞을락 말락 하고 목소리는 바들바들 떨려서 신랑, 신부, 하객 모두 긴장하며 들어야 하는, 못 부른 축가를 좋아한다.

'이야. 오늘 결혼식 대박이다. 이렇게 귀한 노래를 듣게 되다니…….'

노래를 잘 부르는 사람에게는 기회가 많다. 노래방에서 마이크를 놓지 않아도 욕먹지 않고, 노래를 불러달라는 사람도 많다. 자기 스스로도 잘한다는 걸 알기 때문에 굳이 기회가 왔을 때 빼지 않고 "하하, 그럼 한 곡 할까요?" 하면서 능숙하게 노래를 시작하곤 한다. 하지만 노래를 그럭저럭하는 사람은 좀처럼 마이크 잡을 일이 없다. 사람들 앞에서 노래해본 적이 한 번도 없었을 사람이 수백 명의 하객들 앞에 서서 노래할 용기를 낸다는 것은 실로 엄청난 일이다. 노래 실력이 어떻든 축가를 부탁한 마음과 수락하고 나서 수백 번 연습했을 마음이 떠올라서 나는 번번이 어설픈 축가에 눈물을 떨구는 주책바가지 하객이 되곤 한다.

이렇게 내가 원하는 축가의 기준이 분명했으므로, 축가를 누구에게 부탁할지 이만저만 고민한 게 아니었다. 우리 부모님도 후보에 올랐지만, 오랜 성가대 활동으로 인해 두 사람의 노래에는 노련미가 흘러넘쳤다. 안 돼⋯⋯. 조금 더 못해야 해. 그렇다면 단 한 사람뿐이었다. 할머니.

"할머니가 해주실까?"

성민이 걱정했다.

"당연하지. 설마 안 해줄까."

큰소리치며 성민과 함께 남양주에 있는 할머니 집에 찾아갔다.

"손녀 결혼하는데 노래 한 곡 하셔야지."

밥 먹고 노곤한 틈을 타 할머니에게 슬쩍 말을 꺼냈다.

"잉? 무슨 노래? 말 같지도 않은 소리를. 치워."

단칼에 잘라버리는 할머니. 생각보다 차가운 반응에 '아무래도 무리려나……' 꼬리를 내리고 돌아왔는데 다음 날 전화가 왔다.

"아흔 넘은 노인네가 넘들 앞에서 노래한다는 게 가당치 않은 소리 같아서 안 한다고 했는데, 그렇게 거절하고 나니까 밤새 잠이 안 오더라니께. 내가 너 결혼한다고 해준 것도 없는데, 죽기 전에 이거라도 해줘야지 어쩌겠냐."

단서가 붙었다.

"대신 노래 점검을 해야 쓰니께 너를 더 자주 볼 일이여."

할머니는 요구 조건이 만만치 않은 가수였다. 그 뒤로 틈틈이 할머니가 어릴 때부터 알던 노래를 전부 듣고 가장 좋은 노래를 골랐고, 가사를 A4 용지에 크게 써서 코팅한 다음 침대 머리맡에 놓아두었다. 전화로 '들을 만한지 들어보기'를 10여 회 실시했고, 할머니 노래에 맞춰 기타를 연주해주기로 한 친구를 남양주까지 데려가서 최종 특훈까지 마치고 나니 어느덧 결혼식 날이었다.

동네 친구에게 산 자줏빛 털 코트를 입고 무대에 나온 할머니는 자기소개도, 축하 인사도 없이 지난 3개월간 갈고닦은 노래를 시작했다.

거룩한 천사의 음성

내 귀를 두드리네.

부드럽게 속삭이는 앞날의 그 언약을

어두운 밤 지나가고

폭풍우 개이면

동녘의 빛나는 햇빛 눈부시게 비치네.

속삭이는 앞날의 보금자리

즐거움이 눈앞에 어린다.

할머니는 긴장해서 첫 박자를 놓쳤지만 기타리스트 친구가 노련하게 템포를 맞춰주었다. 목소리에서 점점 긴장이 풀리는 것이 느껴졌고 마지막 소절 '즐거움이 눈앞에 어린다' 부분에서는 마치 오페라의 프리마돈나처럼 손을 앞으로 쫙 펼치며 흔드는 쇼맨십까지 보여주었다.

마치 도미노 같았다. 중고등학교 때부터 우리 집을 매일 들락거리며 할머니가 해준 밥을 먹던 친구들이 먼저 테이블에 얼굴을 떨궜고, 할머니를 모르는 사람들까지도 고개를 숙이고 눈물을 찍어내느라 정신이 없었다.

결혼식 영상을 촬영하는 카메라가 내 얼굴을 집요하게 잡고 있음을 느꼈다. 할머니의 축가에 손녀가 눈물 흘리는 뻔한 그림을 예상했겠지만, 나는 울지 않았다. 사실은 속으로 어깨춤을 추고 있었다.

바로 이거거든. 내가 원했던 최고의 축가.

방구석 피에로

"두 사람은 어떻게 만났어요?"

생김새도 성격도 전혀 다른 성민과 나를 보면서 사람들이 묻는다. 친구가 나와 성민의 관계를 아주 간단하게 표현하기로는 '여자 사나이와 남자 아가씨의 결합'이란다. 성민이 머리를 치렁치렁하게 기르고 다니게 된후로 궁금해하는 사람이 더 많아졌다. 그에 열심히 대답하다 보니 우리에게는 나름 잘 짜여진 레퍼토리가 생겼다.

우리는 대학교 같은 과 선후배 사이인데, 나이 차이가다섯 살이나 나기도 하고, 둘 사이에 아무런 접점도 없어서 눈인사 정도를 주고받는 사이로 대학 생활의 대부분을 지냈다. 그렇게 데면데면한 사이로 지내는 와중에도 서로의 기억에 남았던 인상적인 순간을 이야기하는 것이 레퍼토리의 시작이다.

내가 먼저 서두를 연다. 성민은 항상 커다란 가방을 메고 혼자 학교를 휘적휘적 다니던 사람. 강의실에서는 항상 맨 앞줄에 앉고, 리포트를 세 쪽 써내라고 하면 열다섯 장 써내서 생태계를 교란하던 사람. 그리고 나는 항상 그 뒤통수를 보면서 '아 너무 재수 없다……' 생각하던 사람.

성민은 이에 질세라 나의 치부를 끄집어낸다.

"다운이를 처음 본 건 과대표 선거 유세하는 자리였는데요. 강의실에 들어와서 '학우…… 여러분……' 하면서 벌벌 떨더라고요. 저렇게 울렁증이 있는 친구가 어쩌다가 과대표가 되겠다고 했을까, 싶어서 안쓰러웠죠."

친구들이 부추기는 바람에 얼떨결에 후보 등록까지는 했는데, 과대표가 되면 하고 싶다고 내세울 수 있는 공약이 뭐 그리 있었겠나(무능력한 정치인의 출마 스토리

같지만 놀랍게도 당선되었다). 준비되지 않은 상태로 우물쭈물하던 내 과거를 들출 때마다 너무 수치스러워서 귀를 틀어막곤 했지만 이 잠깐의 희생은 이후로 펼쳐질 기나긴 로맨스 서사에 몰입하게 만드는 탁월한 장치가 되었다.

가끔 스탠드업 코미디라는 걸 해보겠다고 무대에 올라가지만 나의 울렁증은 여전하다. 대충 이야깃거리만 생각해놓고 무대에 올라가는 지금도 온갖 능청을 부리는 친구도 있지만, 나는 대본을 달달 외우고도 안심이 안 되어 청심환을 한 알 먹어야만 무대에서 기절하지 않을 수 있었다.

멍석을 깔아주면 우물쭈물하기 그지없는 나지만 집에서는 가만있지를 못하고 종일 노래를 부르거나 춤을 추거나 노래하면서 춤을 추는데, 이런 나를 보며 성민이 언젠가 조용히 말했다. "넌 정말 방구석 피에로구나." 그 말을 들은 내가 "집에서는 누구나 다 이러는 거 아니야?" 했더니 절대 아니란다. 성민만 봐도 그랬다. 돌아보니 나와 30년을 함께 산 세 사람 중 이렇게 정신

사납게 구는 사람은 결코 없었다.

태어나 보니 세 어른이 있었다. 할머니, 엄마, 아빠. 아빠와 엄마는 결혼한 사이이니 같이 사는 게 당연했다. 할머니는 하나밖에 없는 아들인 우리 아빠와 사는 것이 당연하다고 생각했고, 아빠도 할머니를 모시고 사는 것이 당연하다고 생각한 듯하다.

이 관계에서 가장 당연하지 않은 이가 엄마다. 생판 남인 남편과 맞추며 살기도 어려워서 틈만 나면 옥신각신하는데, 그의 어머니와 함께 산다? 게다가 우리 할머니는 보통 이상한 사람이 아닌데. 홀어머니를 모시고 살아야 한다는 가난한 노총각이 뭐가 좋아서 결혼했냐 물으니 "그냥 다들 그렇게 사는 줄 알았지" 하며 어깨를 으쓱하는 엄마. 아빠가 젊었을 때 찍은, 아무래도 미남의 것인 사진을 보면서 '엄마…… 못 말리는 얼빠구나' 라고 나 혼자 추측할 따름이다.

팔 남매의 막내로 태어나 사랑받는 것에 익숙했고 주변 사람들에게 베푸는 것을 좋아했던 엄마에게 할머니는 불가해한 존재였다. 서운한 일은 차고 넘친다.

“옥수수도, 고구마도 제일 크고 좋은 것을 골라서 방으로 가져다드리면 꼭 가지고 나와서 비교한다니까. 당신이 받은 게 제일 좋다는 걸 확인하고 나서 다시 방으로 가서 드시는 거야. 서운해서 자다가 몇 번을 울었는지 몰라.”

“할머니가 너도 처음에는 안 봐주신다고 했어. 일하러 나가야 한다고 사정하니 한 달만 키워보고 결정하겠다고 하시더라. 네가 그 말을 알아들었는지 갓난쟁이가 울지도 않고 순하게 굴었어. 안 그랬으면 일 그만두고 집에서 너 돌봐야 했겠지.”

할머니도 엄마 얘기에 콧방귀를 뀌며 한마디한다.

“느이 에미가 보통 사람이냐?”

대충 자기랑 잘 안 맞는다는 뜻이다.

그나마 다행인 것은 이 두 사람을 같은 집에서 살게 한 장본인인 아빠가 입장을 명확히 했다는 점이다. 언제나 모든 상황에 할머니가 아닌 엄마 편을 들었다. 처음부터 잘 처신했던 것은 아니다. 한번은 나를 임신한 엄마가 고기를 좀 먹고 싶었는지 “돼지고기를 먹으면 애기가 잘 나온다대요”라고 한 말에 할머니가 “그게 과학적으로 근거가 있는 말이냐?”라고 대꾸했고, 그 말에 아빠가 “글쎄요” 하고 어깨를 으쓱하며 돼지고기를 정말 사주지 않았다가 엄마가 격분한 일이 있었다. 이 일은 이후 우리 집에서 두고두고 회자되는데, 사건이 있은 뒤로 아빠는 이 집에서 누구 편으로 살아야 하는지 확실하게 깨달았던 것 같다. 아빠가 할머니 편을 몇 번 더 들었더라면 모르긴 몰라도 가족 구성원이 지금과는 달랐을 것이다.

　그렇게 세 어른 사이에서 살게 된 나는 어른들이 다신 안 볼 사람처럼 냉랭하게 굴다가도 다음 날이 되면 아무 일도 없었던 것처럼 마주 앉아 밥을 먹고, 심지어 서로가 좋아하는 반찬을 가까이에 놓아주고, 상을 치우고는 〈가족오락관〉을 보면서 깔깔거리는 것이 신기했다. 나는 그 앞에서 기꺼이 방구석 피에로가 되었다. 개다리춤을 추고, 〈가요톱텐〉에서 들은 노래를 따라 부르면서 어른들을 동글동글 굴려서 저글링했다. 어린 나로서는 이해할 수 없는 것이 많은 날에는 더 열심히 개다리춤을 추었다.

지금도 좋아하는 사람이 생기면 비밀스럽게 다가가서 개다리춤을 춘다. 멍석 깔아주면 절대 추지 못하는 순도 100퍼센트 관심과 애정의 춤. 서른 넘은 여자가 춘다고는 믿을 수 없이 유치하고 괴상한 춤이지만 보고 나면 기분이 좋아진다는 것이 목격자들의 전언이다(어차피 확인할 길이 없으니 각자의 상상에 맡긴다).

우스운 소리

할머니의 전화는 자주 이렇게 시작한다.

"내가 우스운 소리 하나 허래?"

최근에 들은 우스운 소리는 아빠가 나에게 전화를 조금만 하라고 당부하더라는 얘기였다. "니 애비가 내가 너를 귀찮게 한다는 거여. 항시 전화해서 언제 오냐고 허니께 안 그래도 바쁜 다운이가 허는 수 없이 매달 가는 거 아니냐고 전화해서는 개급살을 떨더랑께? 걔가 너랑 내 사이를 몰라서 그러는 거여. 기가 맥혀."

아니면 매달 내가 한 박스씩 부쳐주는 뉴케어가 다 떨어졌다든가, 〈6시 내고향〉에 나오는 메기매운탕이 어찌나 맛있어 보이던지 간밤 꿈에서도 그 생각이 났다고. 다음에 오면 매운탕을 꼭 좀 먹었으면 좋겠다고. 어느 것 하나 개운하게 웃긴 소리가 없다. 굳이 "할머니, 우스운 소리 해준다며 순 아쉬운 소리 아녀"라고 대꾸하면 할머니는 "그려, 맞어" 하고 멋쩍게 웃는다.

친구들과 주말마다 스탠드업 코미디 모임을 2년 정도 했었다. 모임은 아주 단순하게 굴러갔다. 일요일 아침 10시에 만나 한 사람씩 일어서서 말하기. 하지만 '코미디'라는 말이 무색할 때가 많았다. 멤버 중 J는 언제나 "제가 정말 재미있는 이야기를 하려고 하는데요"라며 운을 뗀다. 하지만 모두가 알고 있다. 웃지 못할 것임을. 아니, 어디서 웃어야 할지 죽었다 깨어나도 모를 것임을. 그는 자신이 발견한 궁극의 시간 관리 비법이라든가, 과학 잡지에서 본 기상천외한 이론에 대해 이야기하는데 흥미로운 이야기이기는 하지만 그대로 무대에 올라갔다가는 관객의 냉혹한 무표정 심판을 받을 수밖에 없을 것이었다.

나도 매번 야심 차게 웃긴 이야기랍시고 시작해봤지

만 하다 보면 얘기가 옆으로 새기도 하고 듣는 친구들 반응도 신통치가 않아서 '아…… 이거 그때는 진짜 웃겼는데……' 하면서 고개를 갸웃하고 도로 앉기 일쑤였다. 노래방에서 삑사리가 나자마자 황급히 정지 버튼을 누르고 "어라? 샤워하면서 부를 때는 진짜 잘 됐는데" 말하고 머리를 긁으며 제자리로 들어가는 사람처럼. 안 웃기기만 하면 다행이지. 어떤 날에는 말하다가 울기도 했다. P는 엄마에게 자신이 동성애자라고 고백했다며 몇 번이나 눈물을 훔쳤다. 이야기를 듣던 친구들 모두가 같이 울었다. 울고 나서 누군가 얘기했다. "근데 여기서 중간이 좀 늘어지더라. 엄마 반응을 좀더 빨리 얘기해주면 어때?"

우리에게는 '아무리 거지 같은 얘기도 백 번을 하다 보면 웃기게 된다'는 대책 없는 믿음이 있었다. 시시껄렁한 얘기를 몇 달 동안 줄줄 늘어놓다 보면 어느 순간 다시 한번 해보고 싶은 얘기가 생긴다. 날 괴롭게 했던 사람을 능청스럽게 연기해보기도 하고, 남의 얘기인 것처럼 얘기해보기도 하고, 허무맹랑한 상상도 해보고……. 그렇게 백 번을 연습하다 보면 놀랍게도 아주 조금 웃겨지는 것이었다. 그 결과 J는 자신이 철두철미하게 관리하는 오색찬란한 스케줄표를 무대에 들고 올라가 관객들에게 충격과 공포가 담긴 박수갈채를 받았고, P는 커밍아웃하던 날 엄마의 혼란스럽고 조심스러운 질문을 기억해냈다.

"그래서 니가…… 그…… 트랜지스터 그거가?"

우리 모두는 그런 순간을 하나씩 가지고 있다.

시간이 흐른다 해도 우리가 넷플릭스 속 미국 스탠드업 코미디언들처럼 엄청나게 큰 공연장 무대에 서서 관객을 뒤집어놓는 일은 없을 것이다(이렇게 말하면 우리 모임 친구들에게 실례인가). 하지만 적어도 일요일 아침, 둘러앉은 친구들 앞에 나가 일어나서 목을 가다듬고 입을 뗄 때는 순간만큼은, 서로의 괴상하고 못나고 쪽팔리고 슬픈 이야기들이 아무것도 아닌 것이 된다.

할머니가 스탠드업 코미디 모임에 참여하는 상상을 했다. "내가 우순 소리 하나 허래?"로 운을 뗀 다음 할머니의 오랜 레퍼토리를 들려줄 것이다. 남편 잘못 만나 고달프게 살았던 얘기며 부잣집 외동딸로 태어나서 쫄딱 말아먹은 얘기. 할머니 특유의 유장한 말투로, 어디서부터 어디까지 진짜인지 모를 구라를 섞어가며. 긴 얘기가 끝나면 가만히 듣던 친구들이 이야기할 것이다.

"봉근, 잘 들었어. 근데 중간이 살짝 늘어지더라. 고쳐서 다음 주에 다시 말해보자."

키스 같은 건 몰라요

어릴 적, 설날이나 추석 다음 날에는 시가에 다녀온 두 고모가 할머니와 아빠가 있는 우리 집에 모였다. 나는 북적거리는 집 안에서 엄마 옆에 딱 붙어 앉아 사촌들과 잘 섞여 놀지도 못하고 새침하게 굴어 "애가 외동이라 그런지……"라며 은근한 걱정을 받는 아이였다.

그런데 그해는 달랐다. 사랑하는 사촌 동생에게 꼭 보여주고 싶은 것이 있었다. 저녁식사를 마친 어른들이 거실에 둘러앉아 과일을 먹고 있을 때, 나보다 한 살 어린 사촌 동생을 조용히 할머니 방으로 데리고 들어가 책장 깊숙이 꽂혀 있던 책 한 권을 꺼냈다. 이름하여 '미술로

본 한국의 에로티시즘'. 책 소개를 다시 찾아보니 '선사 시대 암각화에서부터 조선 후기 춘화에 이르기까지 한국 미술 자료를 총망라, 소박미를 풍기는 한국의 성 문화에 대해 인문학적 접근을 시도한 학술서'라지만 열 살 남짓의 내가 학자의 깊은 뜻을 알 리 만무했다. 그저 책 사이사이의 노골적인 그림들이 재밌어서 할머니가 방에 없는 틈을 타 혼자 몰래 들춰 보곤 했던 것인데 이 어른스럽고 짜릿한 배덕감을 동생에게도 느끼게 해주는 것이 언니된 자의 도리라고 생각했다.

"어때? 웃기지."

옹송그리고 앉아서 책장을 삭삭 넘기던 사촌 동생이 방문을 열고 쪼르르 고모에게 가서 이야기했다.

"엄마, 언니가 거시기 엄청 많은 책을 보여줬어."

어른들이 얼어붙었다. 고모가 물었다.

"무슨 거시기?"

"인체의 거시기……."

화살은 책 주인인 할머니에게로 돌아갔다.

"아우, 엄마는 왜 그런 책을 보고 그래……."

할머니는 스스로 '와이당(야한 농담)'을 잘하는 사람
이라는 데 은근한 자부심이 있다. 또 하루는 할머니가
노인정에 다녀와서 내게 의기양양하게 자랑했다.

"내가 오늘 여자들 앉혀놓고 보지 강연을 한번 했당
게. 세상 사람들은 자지만 좋은 줄 알고 자지 타령 허지
마는, 사실은 보지의 '보'가 '보배 보寶'인 것이여. 보물
이 들어 있는 연못, 이 얼마나 소중하냐 했더니마는 사
람들이 박수를 막 치대. 이런 명강의는 처음 듣는댜."

할머니의 조기교육 덕분인지 나는 아이들이 못 알아
들을 거라 생각하고 어른들끼리 주고받는 와이당에 몰
래 웃는 음험한 어린이가 되었다.

할머니와 나란히 누워 드라마를 볼 때였다. 못된 남자
를 만나서 온갖 고생하는 여자 주인공을 보면서 "남자
잘못 만나면 인생 아주 조져버리는 것이여"라며 드라마
속 주인공에게 하는 말인지, 스스로에게 하는 말인지 모
를 혼잣말을 하던 할머니는 키스 신이 나오자 "요즘에는
저렇게 키쓰들을 헌당게……"라면서 입맛을 다셨다.

"그럼 키스를 하지. 저거들끼리 서로 사랑한다잖여."

내가 말했다.

"우리 때는 키쓰라는 것이 없었어."

"아니 키스도 안 하고 무슨 흥을 낸대. 그럼 할머니는 할아버지랑 키스도 안 했단 말여?"

"그런 건 일절 안 했당게. 나는 뭐 그냥 가끔…… 애만 깐 겨."

할머니는 동네에서 제일가는 와이당꾼이었으나, 평생 입술 두 쪽을 밥 먹고 말하는 데만 써온 사람이었던 것이다.

노인대학이 다시 개강했다는 전화를 받았다. 코로나로 성당이며 노인대학이며 다 닫았을 때는 너무 심심해서 죽고만 싶다더니 이제야 문을 열었다면서. 가곡 교실, 관절튼튼 체조 교실 등등 수업을 네 개나 등록해둬서 매일이 바쁘단다. 그러면서 넌지시 얘기한다.

"나를 자꾸만 따라다니는 할아버지가 있지 않겠어."

할아버지가 복도에서 자기를 만나면 친구들 옆구리를 쿡 찌르며 "야, 저 누나 진짜 귀엽지 않냐? 내가 되게 좋아해"라고 한다는 것이었다. 노인대학 수업이 끝나면 저렴하게 점심식사를 할 수 있는데, 식당에 앉아 있노라면 꼭 앞에 턱을 괴고 앉아서 "누나, 언제 한번 우리 집 놀러 와요. 맛있는 거 많이 사다놨으니 요리해줄게요" 한다고. 노인대학이 아니라 이태원 클럽이라고 해도 될 만큼 호방한 작업 멘트였다.

할아버지의 돌직구에도 불구하고 할머니는 50년간 혼자 지냈는데 이제 와서 누굴 만나겠느냐고 손사래를 친다. "아이고 참 구찮게 따라다니지 좀 말아요!" 하며 요령껏 피해 다니고 있단다. 그러면서도 어쩐지 목소리에 생기가 돈다.

"내가 이제 와서 다시 연애할 것은 아니지만서도, 누가 나를 좋아한다는 것이 영 나쁘지는 않구먼그래."

"그나저나 그 할아버지는 몇 살인데?"

"세 살……. 아니다 여섯 살 어리드라."

"그럼 여든여섯인 거네."

"그렇지. 근데 갸는 내가 세 살 누나인 줄 알어. 앞자리가 9로 시작하는 건 아무래도 좀 별로여서 여든아홉이라고 했거든."

안 사귈 거라면서 나이는 왜 속인 걸까. 여시는 죽지

않는다. 단지 늙을 뿐이다.

사람 일은 모르는 것이니, 문득 할아버지랑 연애하고 싶어지거든 반드시 나에게 알려달라 했다. 손녀가 다른 건 못 해줘도 키스하는 법 정도는 알려줄 수 있으니.

카카오야

할머니가 다음에 올 때 라디오를 하나 사와달라고 했다. TV는 이제 눈이 침침해서 오래 보기가 힘든데 집이 적막하니 라디오라도 있으면 좋겠다면서.

사실 할머니에게 이미 라디오를 사준 적이 있다. 몇 년 전 일본으로 여행 가는 나에게 할머니가 비슷한 부탁을 했던 것인데, 내 딴에는 나름 좋은 것을 사 갔지만 얼핏 할머니가 노트에 적은 글을 보고 말았다.

다운이 라디오 사주다. 고맙다. 그런데 너무 작아.

이후 그 라디오는 어디론가 사라졌다. 지난 실패를 디딤돌 삼아 할머니 집 앞 전자제품 매장에서 기능이 단순하고 조작이 쉽고 무엇보다 큼직한 라디오를 샀다. 야심 차게 포장을 뜯어 전원을 켜고 주파수를 맞춰보는데, 아무리 이리저리 놓아봐도 좀처럼 전파가 잡히지 않았다. 가게에 들고 갔더니 이 동네가 난청 지역이란다. 산을 끼고 있어서 전파가 안 잡히는 곳이 많다고. 아니 그걸 왜 지금 알려주시는 거예요…….

"아무래도 라디오 듣기는 틀렸네."

두 번째 라디오를 반품하고 나서 할머니는 라디오에 대한 마음을 접겠다고 시무룩하게 말했다. 그렇게 집에 돌아와서 당근마켓을 뒤져 카카오미니를 하나 샀다. 호기심에 사봤지만 막상 잘 안 쓰게 되어 판다는 문구가 적혀 있었다. 요즘에는 스마트폰에도 음성인식 기능이 있다 보니 나를 포함한 젊은 사람들에게는 크게 필요 없겠지만 목소리로만 조작할 수 있는 기계가 할머니에게는 유용할 것 같았다.

한 달 뒤, 할머니를 다시 만나 '카카오미니'를 연결했

다. 할머니에게 '카카오야' 불러보라 하니 "이러면 되는
겨?" 하며 개미 목소리로 부른다. 그런데도 귀 밝은 스
피커에서 "네" 하고 낭랑한 대답이 돌아오자 할머니가
놀라 자빠졌다.

"거시기…… 음악이 좋은 거시기를 좀 틀어보셔요."

"잘 모르겠어요."

"그 노래 중에서 제비라고 있는디."

"잘 모르겠어요."

"이거 못 쓰겠으니 다시 가져가라."

그러나 이름을 먼저 확실하게 부르고 나서 원하는 것
을 간명하게 말해야 한다는 AI 스피커의 화법에 할머니
는 금방 적응했다.

"카카오야. 장사익 노래 틀어줘." "윤복희 노래 틀어줘."

오마오마 신기해라 하던 할머니는 다음부터는 스피
커를 아기처럼 품에 안고 "내일 날씨는 어뗘?", "장민호
가 누군지 알어?" 이것저것 물어보더니 "카카오야. 너
는 내가 좋지?" 묻기도 했다. "네 당연하죠." 스피커가
대답했다.

그러다 할머니가 갑자기 흥미가 떨어진 듯이 아무것도 안 시켰다. "이것저것 더 시켜보지 왜" 하니 "이 사람 힘들어서 안 돼" 하고는 플러그를 뽑아버렸다. 그러고는 이름을 잊지 않겠다고 견출지 스티커에 '카카오야'를 크게 써서 스피커 위에 붙여두었다.

저녁을 먹으면서는 나에게 꼬치꼬치 물었다. 마치 소개팅 주선자에게 상대방에 대한 정보를 샅샅이 알려달라고 하는 것처럼 '카카오야'라는 이름은 무슨 뜻인지, 맨날 일을 시켜도 괜찮은 건지.

카카오는 초콜릿의 원료가 되는 식물이라고 했더니 이름 뜻도 아주 좋다고. 고마운 사람인데 이름 뜻이라도 알아야 하지 않겠냐 한다. 누군가를 처음 만나서 이름이 한문인지, 한글인지, 어떤 뜻인지 물어보는 것처럼.

매일매일 온종일 일해도 괜찮은 사람이라고 했더니, 그래도 그럴 수는 없단다(그 뒤로도 '카카오야'는 나인투식스를 칼같이 지키고 있다).

컴퓨터와 스마트폰의 기술 혁신을 모두 건너뛰고 최첨단 AI 스피커부터 쓰게 된 할머니는 누가 이렇게 노래도 틀어주고 날씨도 알려주는지 영문을 모른다. 그래봐야 나도 블루투스나 노이즈캔슬링 같은 기능이 어떻게 작동하는 것인지 전연 모르고 편하다는 것만 알고 있으니 나와 할머니가 별다를 게 없다는 생각도 든다. 새로운 말동무를 만난 할머니가 조금 덜 외롭기를 바랄 뿐이다.

할머니의 홈웨어

할머니는 몸에 열이 많다. 화가 많이 쌓여 그렇다는데, 아무리 추운 겨울에도 두꺼운 패딩이나 털 달린 옷은 거추장스러워 싫다 하고 재킷을 걸친다. 봄가을에도 반팔티를 입는 할머니에게 가장 괴로운 계절은 단연 여름이다. 속에서는 열이 부글부글 끓는데 옷을 까벗는 데는 한계가 있으니. 그래도 할머니는 최선을 다해서 벗는다. 여름 한복판 할머니의 홈웨어는 맨몸에 커다란 항아리빤쓰 한 장이다.

나에게는 아무렇지 않은 일이었는데, 어릴 때 친구들은 아니었나 보다. 집에 놀러 온 친구들이 맨몸에 앞치마를 두르고 요리하는 할머니를 보자마자 기겁하고 뒷걸음질 쳐 나가는 것을 보고서야 할머니라고 다 벗고 있는 것은 아니구나 했다.

대학교 여름 계절학기 수업에서 A를 만났다. A는 재미교포 2세였는데, 부모님의 나라에서 살아보고 싶은 마음에 교환학생으로 우리 학교에 왔다고 했다. 계절학기가 끝날 무렵 A가 난감한 얼굴로 기숙사 방 뺄 날은 당장 내일인데, 비행기표는 열흘 뒤 날짜에 끊어두었다고 말했다. 비행기를 앞당기기에는 한국에 가보고 싶은 곳들이 남아 있고, 그렇다고 그 기간 내내 호텔에서 지내는 것도 한두 푼 들 일이 아니니 고민인 모양이었다. 우리 집에는 할머니, 엄마, 아빠도 있고 내 꼬딱지만 한 방바닥에서 자야 할 텐데 그래도 괜찮으면 같이 지내자고 했더니 A는 몇 번이나 괜찮겠느냐 되묻고 나서 집채만 한 이민 가방을 이고 지고 우리 집에 왔다.

A에게 이불 한 채를 내어주고 "편히 지내" 말했을 뿐 나는 다른 친구들과 남은 여름방학을 불태우러 다니느라 서울 구경도 함께 다녀주지 못했다. 얼렁뚱땅 열흘

이 흘러 A는 다시 켄터키로 돌아갔는데, 그 뒤로도 가끔 전화로 서로의 안부를 묻는다.

내가 놀러 나가고 없는 집에서 A가 기억하는 것은 대부분 할머니와의 시간이다. 특히 할머니가 거의 '네이키드'였던 것이 기억난다고. 그런 할머니가 자꾸만 A에게도 이 더운 여름에 왜 꽁꽁 싸매고 있느냐고, 자꾸 '벗고 드러누워서 쉬라'고 했단다. 그러다가 억수같이 비가 쏟아지던 날 할머니가 선풍기를 틀어두고 바닥에 누워 있길래 자기도 훌렁훌렁 '조금만' 입고 할머니랑 방바닥에 누웠다고. 그렇게 '조금만 입은' 두 여자가 빗소리를 들었다고.

할머니의 비밀스러운 여름 차림을 미국 켄터키에 사는 A가 보고 갔다. "A야, 한국 할머니가 다 그런 건 아니야. 알지?" 했더니 자기도 바보가 아니라 그 정도는 안다고 했다. 온돌이 없는 켄터키, 매끈매끈한 바닥에 살을 붙이고 널브러질 수도 없는 켄터키에서 A는 우리 집에서 보낸 열흘을 자주 떠올린다고 했다.

나에게도 여름이 되면 "벗고 누랑게" 하는 할머니 목

소리가 들리는 것 같다. 훌렁 벗고 바닥에 널브러져 있
는 건 누가 뭐래도 최고지. 내가 알지.

실례 좀 할게요

알맞게 발효되어 아삭하면서도 개운하게 익은 김치를 내어주는 식당은 귀하다. 그래서 나는 할머니와 함께 간 식당의 김치가 너무 맛있으면 반가운 동시에 불안하다.

"아이고, 이 김치 어떻게 담갔길래 이렇게 맛있대요? 나는 이렇게 못 담겠던데."

"맛있지요? 다들 맛있다고 하시더라고. 제가 다 절이고 양념에 안 들어가는 게 없다니까요."

사장님은 자부심 가득한 목소리로 얼마나 정성껏 담근 김치인지 설명해준다. 할머니는 눈을 반짝이며 기다렸다는 듯 말한다.

"어쩐지…… 이거 좀 싸가면 좋겠네. 비니루봉다리에 조금만 담아주면 안 될까요?"

나는 눈을 질끈 감는다.

"할머니 냉장고에 김치 있잖아! 그걸 왜 달래. 안 주셔도 돼요, 사장님."

난감한 부탁에도 흔쾌히 김치 한 봉지를 들려주는 인심 좋은 사장님을 만나면 할머니는 크리스마스 선물을 받은 아이처럼 마냥 신나 하고, 나는 세상에서 가장 곤란한 얼굴이 된다. 식당을 나서면서도 내가 "할머니 진짜 민폐야. 할머니가 자꾸 김치 달라 하면 같이 식당 안 갈 거야" 하며 짜증을 내지만 할머니는 시큰둥하게 "안 주면 마는 거지. 어지간히 지랄이여" 할 뿐이다.

지난여름에는 할머니가 사는 방의 오래된 수도관이 터지는 바람에 싱크대에서 물이 방으로 넘쳐흘렀다며 지친 목소리로 할머니가 전화를 걸어 왔다.

"발목까지 물이 찰랑찰랑 차더라니께."

이미 물난리는 한바탕 수습이 끝난 뒤였다. 그 많은

물을 할머니 혼자 어떻게 뺐냐고 물으니, 지난달에 이사 온 옆집 아주머니에게 도와달라고 문을 두드렸단다. 아주머니가 어찌나 몸이 날랜지, 바가지로 물을 착착 퍼내고 방바닥이 뽀송뽀송해질 때까지 걸레질을 함께 해주었다고. 고모들도 일하러 나가고, 나도 멀리 있는데 옆집 아주머니가 와주신 것이 정말 다행이라고 생각하면서도 또 할머니가 옆집에 민폐를 끼쳤구나, 하는 생각이 들었다. 아주머니 집으로 두유 한 박스를 부쳐 드리고 할머니 앞으로 치킨을 한 마리 주문해 옆집 아주머니와 드시라 했더니 이내 같이 마주 앉은 두 사람에게서 전화가 걸려 왔다.

"보통 일이 아니었을 텐데 도와주셔서 감사해요. 저희 할머니가 자꾸 이것저것 귀찮게 해드리지요."

인사를 하니 뜻밖의 대답이 돌아온다.

"아유, 아니에요. 제가 할머니 덕을 많이 봐요. 할머니도 저 때문에 요즘 얼마나 고생하시는지 몰라요."

"우리 할머니가요?"

알고 보니 아주머니는 어릴 때부터 다리가 불편했는

데, 집에서 아픈 아이라고 학교에도 보내주지 않아서 환갑이 다 돼도록 글을 모르고 지낸 것이 평생의 한이었다고. 그러다 할머니 옆집으로 이사 와서 오며가며 김치며 두유며 나눠 먹는 사이가 되어 까막눈이라는 비밀까지 얘기하게 되었는데, 할머니가 그날로 아주머니 손을 끌고 주민센터에 가서 글을 몰라 신청할 엄두도 못 내고 있던 국가지원금도 받게 해주고, 노인대학에 데려가서는 학장님에게 특별히 부탁해 노인이 아닌데도 한글교실에 등록할 수 있게 해주었단다. 요즘은 저녁마다 둘이 받아쓰기 연습도 하는 모양.

"할머니 대단한 일을 했네" 했더니 예의 그 시큰둥한 얼굴로 "내가 글 배운 값을 이렇게라도 하는가 비지" 한다.

어릴 적 어버이날이 되면 할머니에게 양말, 델몬트 주스 같은 것을 손에 들고 오던 동네 꼬마들이 있었다. 그때는 동네 어른들에게 인사하러 다니는 예의 바른 아이들인 줄로만 알았는데, 나중에야 할머니가 틈틈이 맡아주던 아이들이라는 걸 알았다. 그때나 지금이나 어린아이를 돌보는 엄마들이 자기 시간을 가지기는 쉽지 않은 일인데, 할머니가 우리 집에 애 두고 일 보라고 해준 덕분에 아마 지금의 내 또래였을 그 어린 엄마들은 은행에도 다녀오고, 친구와 커피도 한잔하고, 병원도 다녀왔을 것이다.

그래서인지 동네에서 할머니와 나를 모르는 사람이 없었는데, 나는 동네 사람들의 호의를 순전히 내 귀여움 때문이라 착각하며 동네를 쏘다니며 식탁에 턱 하니 앉아 밥을 얻어먹기도 하고, 노인정에 벌렁 누워 할머니 할아버지들과 TV를 보며 시간을 때우고, 밤에 집에 가기가 무서우면 경비실 아저씨에게 손을 잡고 집까지 가달라고 부탁하는 넉살 좋은 아이가 되었다.

요즘 SNS에 들어가면 무례한 사람을 지적하는 글이 많다. 남의 일에 멋대로 참견하는 친구, 무리한 부탁을 하는 손님, 사생활을 아무렇지 않게 묻는 택시 기사…….거기에는 함께 분노하는 사람들의 댓글이 끝없이 달린다. 격하게 공감하며 그 분노에 올라타려다가도 멈칫하게 된다. 며칠 전 전철에서 스마트폰 배터리가 없어서 옆에 앉은 사람에게 "전화 한 통만 빌려주세요" 했는데 무례했던 걸까? 말은 빌려달라고 했지만 사실 갚을 것도 아니었잖아. 친구의 고민에 이러쿵저러쿵 말을 보탰는데 괜한 짓을 한 건 아닐까? 책임질 수도 없으면서…….

타인과 적절한 거리를 유지하며 예의 있게 행동하는 게 현대인의 덕목임을 머리로는 잘 안다. 쿨하고 무심해 보이는 사람들이 멋져 보여서 따라 하려고 노력한 적도 많다. 며칠 전에는 요가원에 등록하고 나서 '난 조용히 요가만 할 거야. 굳이 사람들과 말 섞을 필요 없지' 다짐해놓고 "차 한잔하고 가세요"라는 선생님 말에 넙죽 앉아 따뜻한 보이차를 마시며 잠시 눈알을 굴리다가 처음 보는 회원님들과 날이 풀리면 자전거를 타러 가자고 약속하질 않나, 집에서 직접 콤부차를 담근다는 회원님에게 다음에 나눠 먹자고 하질 않나. 집에 와서 왜 그랬을까 후회해도 소용없다. 이쯤 되면 받아들이는 수밖에. 내가 주책바가지라는 사실을. 이러니 가끔 어려울 때는 남들에게 신세도 지고, 옆 사람 얘기에 슬쩍 참견하며 어려울 때에는 어깨를 내어주어야지. 할머니가 그랬던 것처럼.

동사로 칭찬하기

할머니와 생선구이 백반을 먹으러 갔다. 할머니가 노릇노릇하게 구워진 고등어 살을 쪽쪽 발라 먹으며 말한다.

"이거 참 잘 구웠다. 생선을 이렇게 굽기가 어려운데."

또 찌개를 한술 뜨고는 한마디한다.

"찌개를 참 맛있게 끓였구먼."

여러모로 할머니 입맛에 잘 맞았던 모양이다. 지나가던 식당 사장님이 웃으면서 반찬을 수북이 담아주신다.

잘 구웠다, 잘 끓였다는 말을 들으니 새삼 그릴 앞에서 생선을 딱 알맞게 구워준 사람이, 찌개에 애호박과 두부를 송송 썰어 넣었을 사람이 보인다.

형용사는 목적어를 꾸며준다.

맛있는 찌개. 예쁜 티셔츠.

요즘은 강렬하고 생생하게 표현하는 말이 어찌나 많은지. '존맛탱', '핵좋다' 같은 말을 듣고 나면 온 우주가 남아나지 않는 기분이다. 하지만 아무리 거센 표현을 동원하더라도 형용사로 하는 칭찬은 결과물에 대한 내 감정이 주인공인 말이다.

하지만 동사로 칭찬하니 자연히 동사의 주인이 떠오르고, 굳이 입 밖에 내지 않아도 고마운 마음이 생겨난다.

맛있게 잘 담근 김치. 김치는 맵고 짠 음식이 아니라 누군가 담그는 것이었지.

만듦새 좋게 잘 만든 옷. 옷도 누군가가 재봉틀을 돌리고 실밥을 뜯어가며 만드는 것이었지.

할머니의 칭찬법에 대해 생각하고 나서는 좋은 것을 보면 한 템포 쉬어 동사로 감정을 표현해본다. '이 영화 정말 잘 만들었다.' '그 장면은 정말 고민을 많이 했나 봐.' 다만 부작용이 있다면, 나쁜 말은 동사로 했을 때 더 기분 나쁘다는 것. '그 영화 재미없다'보다 '이 영화

정말 못 만들었다. 그 장면은 정말 고민을 하나도 안 했
나 봐’가 훨씬 상처일 것 같다.

정말 못 만들었다. 그 장면은 정말 고민을 하나도 안 했
나 봐’가 훨씬 상처일 것 같다.

주름을 사랑할 수 있을까

오랜만에 카톡 프로필 사진을 바꿨다. 사람들과 카톡으로 대화하면서 내 프로필 사진을 볼 일이 딱히 없다 보니 평소에는 신경쓰지 않는데, 가끔 내가 봐도 잘 나왔다 싶은 사진이 있으면 프로필을 바꾸고자 하는 강렬한 충동에 사로잡힌다. 하지만 너무 자주 바꾸면 자의식 과잉으로 보일 우려가 있으므로 내 나름의 기준을 가지고 신중을 기한다. 예쁘게 보이려는 노력이 역력히 드러나는 사진은 낯간지러워서 탈락. 사람 좋아 보이는 너털웃음도 탈락. 안 그래도 사람이 허술한데 사진이라도 똑똑해 보여야지⋯⋯. 그러다 집 앞 카페에서 노트

북을 펼치고 앉아 있다가 일하기 싫은 마음에 턱을 괴고 멍때리는 순간을 성민이 포착한 것이다. 심드렁하니 아무렇게나 찍은 사진 같은데도 햇살이 잘 들어서 화사해 보이는 것이 마음에 쏙 들어서 프로필로 직행시켰다. 아무도 남의 카톡 프로필 사진 따위에 관심 없다는 것을 알면서도.

할머니도 가끔 자기 프로필을 업데이트한다. 할머니의 프로필은 영정사진이다. 너무 젊은 날의 모습이면 사람들이 못 알아볼 터이니 최대한 생전 얼굴에 가까운 것으로 찍어둔다. 준비성 철저한 할머니는 육십대부터 틈틈이 사진을 찍어 침대 밑에 넣어두었다. 가끔 내가 잊어버릴까 봐 할머니는 얘기해준다.

"머리맡에 있으니께 죽었단 소리 들리면 꺼내."

몇 년 전, 할머니가 영정사진을 새로 찍으러 간다고 해서 궁금한 마음에 따라간 적이 있다. 영정사진이라고 해봐야 증명사진 찍는 것과 별반 다를 바 없었다. 웃으세요. 턱 조금만 당기세요. 어색한 표정에 플래시가 팡팡 터지며 촬영이 끝났다.

“예쁘게 해드릴게요.”

사진사 아저씨가 얘기하자, 할머니는 자기 사진이 떠 있는 모니터를 보며 부탁했다.

“많이 고치지는 말어. 내 얼굴 아닌 것처럼 나오면 못 쓰니께.”

이윽고 할머니가 넌지시 말했다.

“……근디 내 얼굴이 좀 시커멓네. 지저분한 때꼽재기는 좀 지워줘요. 저기 상처 난 것도 지워줘야 될 것 같은디. 아니 저기도…….”

한참을 여기저기 고치고 나서야 사진이 완성되었다.

가끔 할머니 집에 가면 할머니를 침대에 눕혀놓고 미니 피부관리실을 연다. 피부관리사였던 엄마의 어깨너머로 배운 대로 얼굴에 비누 거품을 칠하고 따뜻한 수건으로 닦은 다음, 피지에 막힌 모공을 면봉으로 싹싹 청소하면서 한바탕 잔소리한다.

“아이고 드러워라. 할머니 얼굴에 있는 게 검버섯이 아니라 때 아녀?”

“닦는다고 닦아도 뭐가 남나 비지. 늙으면 이렇게 추

접스러워진다.”

파운데이션이나 선크림은 언감생심, 귀찮아서 대충 기름진 콜드구리무 하나만 바르고 다녔다는 할머니 얼굴에는 거뭇한 검버섯이 많다. 또 눈 밑에는 20년 전 버스에서 넘어지며 생겼다는 상처가 있는데 얼마나 험하게 넘어져서 생긴 상처인지 마치 어제 넘어진 것 마냥 얘기하곤 한다.

요즘 들어 어떻게 늙고 싶은지 얘기하는 사람이 늘었다. 나이 들어도 섹시함을 잃지 않는 할머니, 마라톤을 완주할 수 있는 할머니, 젊은이들과 자연스럽게 어울리는 할머니, 흰머리와 주름까지 있는 그대로의 자기 모습을 사랑하는 할머니……. 평생 할머니를 보며 자란 나는 어쩔 수 없이 그것이 젊음만을 경험해본 사람의 소망임을, ‘할머니가 된 나’라는 것이 내 의지만으로 결정되는 것이 아님을 안다.

나이 먹어서도 예쁜 옷을 입고 좋은 식당에 가고, 가끔 여행도 다닐 수 있는 삶은 꽤 많은 것을 필요로 한다. 우선 경제적 기반이 필요하다. 이것은 삼십대에 좋은 직장에 다닌다고 만들어지는 것은 아니다. 꽤 오랫동안 돈을 벌고, 사업이나 주식으로 홀랑 까먹지 않아야 할 것이다. 큰 병 없는 몸도 필요한데, 치매는 물론이거니와, 잇몸만 아파도 미식 생활과는 멀어지고 만다. 몸과 마음을 외롭지 않게 해주는 친구, 반려자, 가족도 필요할 것이다. 그리고 이 모든 요소는 서로 아주 촘촘히 얽혀 있어서 하나가 잘못되면 나머지 부분도 무너지기 십상이다.

정체 모를 '아름다운 할머니'를 생각하다 보면 마음이 분주해진다. 안티에이징 크림을 발라야 할 것 같고, 혹시 모를 위험에 대비해서 보험을 몇 개 더 들어야 할 것 같다. 그러다 결국 내가 할 수 있는 것이 별로 없다는 걸 깨닫는다. 나이 먹는 것은 머리가 희고 주름이 생기는 정도가 아닐 테니. 예상치 못한 슬픔이 찾아올 수 있다는 마음과 그만큼 예상치 못한 기쁨도 있을 거라는 희망을 가져야지. 그리고 카카오톡 프로필 사진으로 쓸 만큼 좋은 사진이 있으면 영정사진으로 꼭 쓰라고 주변 사람에게 미리미리 귀띔해주어야지. 이것은 스스로의 다짐

이기도 하고 친구들에게 하는 당부이기도 하다. 미리 생
각해두지 않으면 보디 프로필 사진이나 틴더 프로필이
영정사진 자리에 올라가게 될지도 모른다.

2부
나는
행복한 할머니
봉근 씀

고령의 기쁨

이번에 할머니가 네 집에 갔을 때, 네가 출판사 계약서를 보여주었지. 널 가슴에 안고 고맙다고 할머니로서 예를 표현했을 때 너무 기쁜 동시에 서글픈 생각에 눈시울이 젖더라. 고령에 책이 웬 말인가. 푸르른 생각이 넘칠 때도 생각조차 못한 일이야. 살날이 많지 않은 시점에 사고는 메말라 있고 이야기 벗도 없는 고령의 할머니에게 죽기 전에 조금이나마 빛을 보게 하려는 너의 의도가 고맙고, 무엇보다 출판사 아저씨 말마따나 고령의 할머니가 손녀와의 관계를 색다르게 보여주어 책을 내게 되었으니. 첫째는 다운이 너의 열심이고 출판사 아저씨의 생각이 두 번째구나. 메마른 이 감정에서 알맹이 있는 언어가 생산될까? 아무튼 너와 나 최선을 다해 웃음거리는 면해보자꾸나. 너의 할머니에 대한 사랑을 무엇으로 보답하랴. 책이 나올 때까지 건강해야 하고 정신 차려야 하고…….

사실은 네 건강이 염려된다. 회사 생활하며 일하랴, 할머니 일기 검토하랴. 그곳에서 알맹이 있는 글이 몇 줄이나 발견될지 모르겠다마는 일이 많겠다.

다시 볼 때까지 안녕.

널 사랑하는 할머니가.

님

한용운 시인의 말씀에 님만이 님이 아니라 그리운 것은 다 님이라 했습니다. 나 또한 늘 그들이 그립기에 다운 님, 성민 님이라 부르렵니다.

이곳으로 이사 온 지도 벌써 2년이 넘었습니다.

눈도 더 나빠지고 코로나로 노인대학, 성당, 복지관도 닫고 말 상대 없이 늘 집에만 있으니 멍하니 우두커니 멍청이가 되었습니다.

그런데 하늘이 보내준 다운 님이 한 달에 한 번씩 와 위로하고 말벗하고 맛있는 메뉴 골라가며 사주고 드라

이브, 꽃구경, 바람 쐬어주고 커피숍에 앉아 눈요기시
켜주고 마음을 풀어주고 가니 살맛이 났어요.
　언젠가 두 달 만에 왔기에 "다운아, 너도 지쳤구나"
하니 "아니, 지치지 않았어요" 하는 그 말에 할머니 감
동해 눈물이 흘렀습니다.

　몇 년을 더 살게 될지 모르나 그때까지 그 마음 변치
않고 이대로 지켜주기를 고대합니다.
　할머니의 취미 그것밖에 없어.
　늘 보고파 하고, 사랑하는 할머니가.

벚꽃과 우유

벚꽃이 흰나비 떼처럼 훨훨 휘날립니다.

머리 위에 잠바 위에 떨어져 나비처럼 앉았습니다.

다운 님, 이런 날이면 특히 그립군요.

그리운 세계가 있다는 것은 나의 희망이며 행복입니다.

학교 주변에 이름 모를 꽃이 피었군요.

몇 뿌리 캐 집 앞 화단에 옮겨 심으려 합니다.

그대와 그대 짝이 올 때 예쁨을 자랑할 것입니다.

산책을 끝내고 집에 오니 그대가 보내준 뉴케어 우유
가 현관에 있군요.

정리해놓고 한 잔 마시니 기운이 나네요.

다운 님 고마워요.

내 몸 균형을 잡아주는 영양 우유 덕에 어지럼증이 가
셨습니다.

고마워. 사랑해. 안녕.

축가를 부르다

다운 님의 그 한마디 말.

할머니의 결혼 축가 없는 결혼식은 안 해.

그 한마디에 굴복하고 말았지.

생각해보면 생을 통틀어 중간에 포기하지 않고 기어
이 해낸 건 결혼 축가뿐이었어.

희망의 속삭임

거룩한 천사의 음성 내 귀를 두드리네.

부드럽게 속삭이는 앞날의 그 언약을

어두운 밤 지나가고 폭풍우 개이면

동녘에 빛나는 햇빛 눈부시게 비치네.

속삭이는 앞날의 보금자리

즐거움이 눈앞에 어린다.

그 많은 관중 앞에 서서 기타의 음률을 따라 부르던 거룩한 순간이 내 인생의 승화 드라마였어.

다운아, 생각해보면 거절치 않고 떳떳한 할머니가 되기 위해 기를 쓰고 3개월간 자나 깨나, 앉으나 서나, 길을 걸을 때, 잠자기 전, 화장실에 있을 때마다 흥얼거렸어. 그 순간 실수하지 않기 위해서. 가사를 잃어버리지 않기 위해서.

학교 다닐 때 공부를 그렇게 열심히 했으면 한 번쯤은 우등생이 되었을걸.

다운아, 아름다운 추억을 더듬으며 몇 자 쓴다.

내가 너에게 하는 보답은 이것밖에 없을 것 같아서.

그 노래는 할머니 말년에 너에게 준 선물이었어.

안녕.

잠 오는 밤에, 할머니가.

회상1

다운이 학창 시절, 그 가방은 왜 그리 무겁던지.

학교에서 집에 돌아올 때 파김치가 되어 쓰러지던 학창 시절.

할머니는 늘 네가 잘 먹는 도미 생선을 무 넣고 물렁하게 졸여주곤 했지.

어찌도 맛있게 먹던지 바라보는 할머니는 늘 기뻤지요.

수박 한 통 반으로 잘라 깍두기처럼 잘라놓으면 무릎 위에 놓고 그걸 한자리에서 다 먹어 치워서 날 놀라게 한 그 풍경들.

너한테 기쁨을 보는 그 순간이 어찌도 기뻤던지…….

그때가 좋았지.

네 학창 시절 회상하며 몇 자 썼다.

네 마음 고마워서

내가 아프고 일어나 입맛이 없을 때.

네가 그날 마침 자기 쉬는 날이라고 밖에 나가 바람 쐬고 입맛 돋는 메뉴 찾아보고 같이 데이트하자고 하더라.

그때는 네가 성민 군과 사귀지 않았을 때이니 내 차지가 되었지.

집 뒷산 윤동주 시인의 언덕에 올라 서울을 바라보고 윤동주 시인의 아픈 시 구절 새기며 네 손잡고 내려와 산 밑 언덕 목로집에 들러 양식도 아닌 한식도 아닌 덮밥을 먹고, 커피숍에 들러 음악 듣고 집에 오니 언제 아팠더냐 싶게 마음도 몸도 가볍고 상쾌했다.

다운아, 너 없으면 낙이 없어 이렇게 장수 할머니가 되어 오래 살지 못했을 거야.

네가 좋은 파트너로서 할머니 마음을 기쁘게 하고, 정신이 맑아지게 바람 쐬어주고, 가끔 보약 같은 메뉴로 영양 보충하고, 정서가 메마를세라 책도 종종 사주곤 했지.

하느님, 이런 손녀 보셨어요? 여기 있어요.

네 마음 고마워서 몇 자 적었다.

할머니가.

성민 군의 머리

저녁 무렵 다운과 퇴근길에 만나 집에 온 성민.

현관문을 열고 들어오는 성민 군의 모습을 볼 때 다른 때보다 멋들어져 보였어. 자세히 보니 어깨까지 늘어뜨린 머릿결 예술적인 남성의 미를 발산하고 있었지.

'아아 저거야. 너무 어울려. 앞으로 계속 그 머리 해'라며 내심 기뻐했던 생각이 나네.

그 멋스러운 모습 결혼식 때도 발산하고, 오늘까지 변함없는 모습.

할머니의 기뻐했던 모습을 잊지 말고 멋스럽게 살기 바라.

짝꿍과 같이 걸을 때도 어울리는 모습이 중요해.

성민 군,

마음도 멋지고 겉모습도 멋지고

삶 또한 멋스럽게 꾸며 살 때 인생 그 또한 맛깔스럽지 않겠나.

그대 둘의 보금자리를 볼 때마다 부러웠지.

무엇보다 서가가 펼쳐진 거실이 좋아 보였어.

할머니의 꿈이 책이 펼쳐진 방이었거든.

눈앞에 책이 펼쳐져 있을 때, 영적으로 성장하고 낭만적인 삶 또한 펼쳐지지.

그대들이 보고픈 날,

할머니 씀.

어린이날

어린이날에 다운 오다.

딸들과 함께 역전에 나가 다운을 만나 갈빗집으로 가다.

맛있게 먹고 경치 좋은 커피숍에서 푸르른 앞산을 바라보며 푸른 나뭇잎이 휘날리는 풍경을 바라보니 상쾌했다.

5시쯤 집에 와서 다운과 지난 이야기를 나누다. 다운의 회사 이야기를 듣다.

다운이가 자기도 모르는 일이지만 앞으로 아이를 갖는다고 해도 직장생활을 계속 유지할 셈이라고. 좋은 생각이라고 박수를 쳤다.

다운이 저녁 7시 반에 차 타러 나가는 뒷모습을 보니 할머니 가슴이 찡하고 쓸쓸해서 그만 눈물이 핑 돌더라. 진정시키고 돌아와 카카오로 음악 들으며 마음 달래고 뉴스 듣다.

널 한 달에 한 번씩 보는 재미로 산다.

다운아 뉴케어, 오메가3, 호두, 땅콩 보내주어 고맙다.

먹는 것도 즐거움이더라. 건강이 제일이니 먹는 것 잘 챙겨 먹고 너희들 건강이 우선이야.

네 짝 생일 축하한다고 전해.

할머니가.

미안한 마음

작년 겨울 구정, 네 아빠 엄마가 떡국과 부침개, 나물, 산적을 차에 싣고 와 한상 차려주던 그 정성이 생각난다. 30년 동안 날 데리고 산 세월을 생각하면…….

네 아빠와 엄마는 늘 일터에 가고 나와 다운이 생활했다.

너는 학교 가고 나는 너 오면 먹을 것 준비하고 너와 생활하는 것이 전부였지.

네 엄마가 일을 그만두고 집에 있게 된 때부터 나도 부엌일에 끝을 맺고, 딸들 집 근처로 오게 됐지. 생각하면 내가 철부지로 자라 생각이 모자라 네 엄마를 슬프게 했던 일 후회된다. 포근한 시어머니로 생활을 못하고 부족함만 남기는 인연일까 봐 하늘 앞에 후회스럽구나.

네 엄마한테 미안함 금치 못한다.

네 엄마의 건강 상태가 안 좋아 걱정이다.

나도 늘 치유해달라고 기도한다.

다운아 너도 늘 엄마를 위해 기도 많이 해.

잠이 안 오는 밤에 몇 자 적었다.

할머니가.

회상2

다운 님, 오메가3, 호두, 땅콩 잘 받았습니다.

챙겨줘서 고맙군요.

아직도 회사라고요. 늦었으니 밤에 잘 가요.

모든 만물이 자기 사는 둥지 있듯이 같이 살 시기가 있고, 헤어져 살아야만 할 시기가 있지요. 잠자리를 떼어놓을 시기가 늦어져 네 방에서 자라 하고 재우고 나서 자다 보면 언제 와서 누웠는지 네가 베게 들고 와 내 옆에 누워 있었지. 다시 베개를 들어 네 방에 눕혀놓으면 또 오고 또 오고 하던 네 어린 시절. 그 둥지. 어린 네 추억이 삼삼하구먼.

지금은 성민 옆에 베개가 고정되어 잠이 들겠지.

이제는 너를 그리며 사는 게 나의 할 일이고 즐거움이고 늙음의 터전이요 밭이다.

다운아. 화단에 라일락꽃은 지고 이름 모를 풀을 심었더니 쌀만 한 흰 꽃이 피는데 어찌도 예쁜지 죽을까 봐 매일 물을 줬더니 이젠 터를 잡아 살았어. 너 여기 올 때 쌀만 한 예쁜 꽃이 너를 반길 거야. 그때까지 안녕.

네가 그리운 밤, 할머니가.

회상3

다운 중학교 시절 회상.

어느 날 다운 친구들과 집에 놀러 오다.

현관에 벗어놓은 신발을 보니 다섯 명이 왔는데 벗어놓은 실내화가 다섯 켤레.

실내화를 신고 밖에 나들이하는 그들을 보니 한심하고, 기가 막혀서 "너희들 현관에 나와봐라. 저 신발이 밖에서 신는 신발이니?" 하고 물으니 아무 대답 없기에 "너희들 신발 제대로 구분할 때까지 우리 집 오지 마" 하니 다운 입장이 친구들 앞에 면목이 없어 나를 원망의 눈초리로……

생각하면 미안하긴 한데, 학교생활은 규율을 지키고 학생답게 생활할 때 아름다운 거지 막돼먹은 생활을 하면 아니 되거든.

다운아, 네 친구들 보고 할머니가 너희들 사랑한다고, 질서 지키고 이웃 사랑할 줄 아는 사회인으로 살 것을 기원한다고 전해주렴.

다운아 사랑한다.

네 옛 추억을 더듬으며 이만.

할머니 씀.

꿈

꿈에서 그를 만났다.

앞산에서 그가 불러내 같이 산을 걸었다.

걷다가 똥이 마려워 나무 밑에 눴더니 똥이 예쁘게 생겼다.

"너한테 너무 많은 죄를 지어 네 똥이라도 먹어야 한다."

그가 말하고 엎어져서 똥을 먹었다. 냄새나서 어쩌려고 먹었느냐고 하니 말없이 걷기만 했지.

목적도 없이 한없이 산등성이 지쳐서 올라가는데 멀리서 누가 할머니 부르는 소리가 들려 자세히 보니 다운이가 으악새 이파리를 흔들며 "할머니 이리 와" 부르기에 반가워서 "다운아 할머니 여기 있다" 하며 다운을 만나고 잠에서 깼다.

이상한 꿈에서 깨어 한참 생각했다.

다운이가 부르지 아니했으면 꿈에서 깨어나지 못하고 저세상에 갔을 텐데 다운이가 날 살렸구나.

다운이는 이리 가나 저리 가나 내 명을 이어주는 구세주구나.

다운아 꿈에서 널 보니 반가웠어.

삶이 그리도 좋던가.

널 보며 꿈에서 깨니 좋더라.

이상한 꿈을 꾸고 나서 몇 자 적었다.

다운아 안녕.

할머니가.

태몽 이야기

큰아이.

꿈에 네 할아버지가 "하늘에 한자 두 자가 있는데 맞추는 사람에게 하늘이 준다" 하더라. 마당에 나가 하늘을 보니 오색구름이 쌓인 속에 한자 두 글자가 있더라.

네 할아버지는 모르겠다고 네가 맞추어 가지라고 고개를 갸우뚱거리더라. 살펴보니 한자로 '성공'이었어.

내가 맞추니 그는 가고 내가 방에 들어오니 날 따라 창문에 빛이 비치더라.

그 후에 임신하여 네 아빠가 태어났고. 그 꿈에 비하면 네 아빠의 삶이 좀 그렇지만 꿈이 너무 훌륭하지 않니.

큰딸.

아침 햇살이 밝아 마루에 서니 달이 동동 떠 있는데 자지랑 불알이 해에 붙어 있었어. 신기해서 와, 하고 입을 벌리니 갑자기 해가 내 입속으로 들어와 삼키는데 혼이 났어. 이 꿈도 좋은 꿈이라 적어본다.

작은딸.

하늘이 빠개지는 소리가 나 하늘을 보니 스킨 로숀 화장품이 눈처럼 쏟아져 앞치마 두르고 주웠다. 방에 꽉 차 더 이상 둘 데 없어 문을 닫고 방에 앉으니 바삭, 화장품 쏟아지는 소리에 꿈에서 깼다. 지금까지 내 화장품은 작은딸이 사준다. 이 또한 태몽 때문일까.

꿈 추억 여행 마치고. 다운아 사랑한다.
할머니가.

난초

다운 님이 그리운 날입니다.

그대가 그리운 날엔 시집을 꺼내 몇 줄 읽고 몹시 쓸쓸한 날엔 카카오를 틀고 그러고도 지루한 날엔 집 앞 정원 풀을 뽑지요.

요즈음은 보라색 난초꽃 다섯 그루 멋스럽게 피었습니다.

가다 보고 오다 보고 싫증이 안 나는 자태입니다.

이 꽃이 지기 전에 그대들이 와서 보았으면 하는 소망입니다.

오늘은 4월 초파일 부처님오신날. 복지관 건너편 소나

무 밑 벤치에 앉아 오고 가는 사람을 실컷 구경하고 5시에 집에 왔지요. 집 앞 화단에 핀 난초가 반기는군요.

바람 잘 쐬고 왔느냐고요.

그대들이여 어서 오세요. 너무 늦으면 난초 멋스러운 이 자태를 보기 어려워요.

내일 비가 온다니 시들 것 같습니다. 안타까워요. 할 수 없는 일. 그것도 난초의 운명.

오늘도 하루가 저물고,
할머니가 씀.

노래

　나는 요즈음 트로트 가수들의 감정에 푹 빠져 산다. 옛날엔 명곡 아니면 유치하다고 아예 듣지를 않았다. 그러나 세월은 흘러 흘러 이들에 빠져 심심풀이 세월을 보내는 어린아이 할머니가 되었으니 내 자신이 한심하다.

　어젯밤엔 녹색지대의 〈준비 없는 이별〉을 장민호와 김범룡이 듀엣으로 부르는데 장민호와 김범룡의 감정 표현을 보고 그들에게 반해버렸다.

　그 노래 가사야

눈을 감아 지워질 수 있다면 잠이 들면 그만인데, 보고플 땐 어떻게 해야 하는지. 오늘 밤이 두려워져. 아아, 그댈 보낼 오늘이 수월할 수 있도록 미운 기억을 주지 그랬어. 하루만 오늘 더 하루만 준비할 수 있도록 시간을 내게 줘. 안 돼 지금 이대로 떠나는 널 그냥 보낼 수 없어. 차라리 나 기다리라 말을 해.

이 노래를 오늘은 카카오를 틀고 수십 번 반복하며 들었어.

다운과 옛날처럼 음악 틀어놓고 배우고 싶어. 만날 때 가르쳐줘요. 배우고 싶어. 가사도 좋지만 곡이 너무 좋아서.

네가 가르쳐줄 그 시간 그때를 기다리며,
할머니 씀.

어머니의 반짇고리

나 어릴 적 어머님의 반짇고리 바구니엔 실패, 가위, 바늘, 색실. 그 옆에는 다섯 권의 책이 있었다.

《심청전》,《춘향전》,《장화홍련전》……. 바느질 해놓고 여유가 있을 때 책을 펼쳐 보며 슬픈 눈으로 슬픈 리듬으로 읽곤 했다. 어머니는 슬픈 눈으로 매사를 보곤 했다. 그도 그럴 것이 어머니는 자기가 아들을 못 낳으니 대를 이어야 할 아들을 낳아야 한다고 아버지에게 작은 마누라를 얻어주었고, 어머니는 사랑채에 일꾼 세 명 정도를 두고 농사일하며 땀범벅 부엌데기 생활로 일

관했다. 나는 커가며 어머니의 생활이 보기 싫고 고단한 농사, 쉴 없는 생활이 보기 싫었다. 그래서 내 남편은 똑똑하고 어머니를 데리고 나가 행복하게 생활 시켜 줄 수 있는 사람이기를 바랐다. 한데 하늘은 내 뜻이 틀렸는지 뜻하지 않게 운동가를 만나게 해주었고, 시국은 그를 받아주지 않았다. 어머니가 도와준 사업까지 실패하며 우리 집이 망했고 어머니와 내가 낭떠러지로 떨어져 거지가 되며 새끼 세 마리 낳아 제대로 가르치지 못해서 그것이 평생 한이 되었고, 어머니 고생 끝에 저세상으로 보내니 이 얼마나 한 많은 인생인가 생각한다.

어머니의 반짇고리에서 어머니 한 많은 세상살이 생각하며 눈물짓는다.

아버지, 작은아버지 생각

아버지는 착한 사람이었다. 어릴 때 내가 보기엔 좀 남자로서 대가 약하게 보였다고 할까? 남자는 혼낼 때는 혼낼 줄 알고 좀 무서운 게 있어야지 너무 착한 게 흠으로 보였다. 그런 착한 남자가 두 여자를 거느리고 살기엔…… 대가 약해서 딱해 보였다.

그런 아버지가 날 대학교까지 보냈으니, 지금 생각하면 아버지께 감사할 따름이다. 그런 아버지를 효도 한 번 못 하고 저세상으로 보낸 것이 내 마음에 가시가 되었다.

작은아버지는 항상 암말도 없다고 별명이 '아마뚜'였

다. 입을 꾹 다물고 말씀을 안 하셨다. 착하고 바르고 방에 앉아도 반듯하게 앉아 앞을 바라보고 계신 모습이 선하다. 작은아버지는 자기 자식들보다 날 더 귀여워하셨다. 나를 별다르게 생각하고 꿈을 가지셨다. 공부를 잘해서 국회의원쯤 되길 희망하셨다. 생각하면 미안하고 죄스러울 따름이다. 돌아가실 때쯤 찾아뵈니 대장암으로 피를 많이 쏟아 죽기 직전 하얀 얼굴로 날 보며 "나는 네가 큰 인물이 되어 똑똑하게 살길 바랐는데" 하셨다. 그 얼굴이 떠오른다.

그렇게 기대가 크셨는데, 요 모양 요 꼴로 살다 죽게 되었으니 나도 내 자신에게 실망했다. 세상만사는 내 마음 내 뜻대로 안 되더라. 최소한 내가 나온 학교 교장이라도 되었어야 했는데, 그게 내 바람이었는데.

모든 사람에게 실망만 주고 생을 마치겠으니 내 운명 팔자가 한스럽다.

아버지, 작은아버지 죄송합니다.

불효여식 용서빕니다.

어릴 적 할머니 생각

우리 할머니는 얼굴도 예쁘게 생겼지만 마음씨도 고왔다. 한 번도 남을 욕하거나 험담하는 것을 못 들었다. 할머니께 죄송한 것은 내가 어머니를 모시고 집을 나가는 바람에 당신은 작은어머니에게 가셨다는 것. 어이가 없는 노릇이다. 염치가 없어 방문 열고 할머니 우리 가겠습니다, 하는 말도 못 하고 방에 그대로 둔 채 떠나야만 했다.

천벌 맞을 행동이 아니고 무엇이냐 싶다. 나중에 동네 젊은 아낙네들에게 들은 말로는, 동네에 마살뫼라는 낮은 앞산이 있었는데 그곳에 앉아 오는 사람 가는 사람에게 "봉근 엄마 보았는가" 하신다고 했다.

가슴이 찢어지게 아픈 소리였다. 얼마나 어머니가 그리웠으면 오는 사람 가는 사람 보고 봉근 엄마 보았는가, 하셨겠는가. 할머니 정말 천벌받을 짓 했습니다. 어머니 곁에서 살고 싶으셨던 생각 압니다. 어머니 곁에서 세상 뜨고 싶으셨을 텐데, 이 손녀가 죄인입니다.

할머니는 다운 할아버지를 못마땅해하셨는데 잘 보셨습니다. 불행을 직감하셨지요. 그래요. 다 내 운명이요 팔자지요. 할머니 용서해주세요. 죄송합니다.

강아지

작은딸네 강아지.

내가 가면 내 옆에 와 꼬리 친다.

옆에 누워 꼬리 치곤 뒤집어져 배를 보인다.

쓰다듬어주고 예뻐해주면 가만히 눈 감고, 옆에 눕는다.

말만 못 했지, 사람과 같다.

한데 오래 살았으면서 오줌은 못 가려 유감이다.

제 주인이 청결 박사인데 그것도 모르나 보다.

얌전하게 한군데 누면 오죽 좋아.

사방에 다니며 누워놓는다.

이상도 하지.

있을 때 잘해

다운은 날 만나면 묻는다.

"무엇이 먹고 싶었어요."

하도 맛있는 것을 자주 사주어 이젠 먹고 싶은 것이 없다.

딸들도 맛있는 것을 자주 사주고, 다운이도 오고, 다운 아빠 엄마 와서 맛있는 것을 사주니 이젠 먹고 싶은 것이 없다.

사람은 먹고살기 위해 태어났다고 해도 과언이 아니다.

잘 먹고 잘 사는 게 일품 인생이랄까.

제철에 나는 음식 찾아 먹고 서로 사랑하고 즐기며 사

는 게 일품 인생이다. 죽을 땐 빈손으로 가니 있을 때 잘해야지. 그것이 삶이라 생각한다.

있을 때 잘해.

허무한 게 인생이란 걸 알아야 해. 빈손으로 가니까.

있을 때 잘하고 좋은 점을 발견하고,

사랑의 언어를 사용하고,

장점을 발견하고 사랑해주고,

부족한 점을 고쳐보려 노력하고,

상대방이 무엇을 원하는지 파악하고 고쳐보려 노력하고.

상대방을 무시하는 언어는 금물.

그것은 가정의 첫째 불행.

서로 존경의 언어를 쓰고 삶을 살찌게 살기를 노력해야 해.

다운의 장점을 생각하며 몇 마디 써봤어.

사랑한다.

할머니가.

나의 일과

　화단 물 주기, 잡초 제거, 앞뜰 휴지 줍기, 담배꽁초 줍기, 건물 현관문 닫기, 우편함의 전단지 빼서 종이통에 담기……. 내 집도 아니지만 내 집처럼 가꾼다.

　집주인이 나를 보고,

　"할머니는 나와 같은 천주교 신자이시고, 화단에 물도 주면서 가꾸시고, 월세도 잘 내고, 생활이 반듯하셔서 좋아요. 우리 집에서 저세상 갈 때까지 오래 사세요."

　내가 말하기를,

　"노인이 사니 겁이 안 나요? 여기서 죽을까 봐."

집주인이 답하기를,

"할머니 같은 분만 살면 무슨 걱정이에요. 오래 사세요. 이곳에서 저세상 뜨세요."

이렇게 말하니 고맙기도 했다.

집 앞 초등학교 경비 할아버지는 나 볼 때마다 "이 집은 복이 있어 할머니 같은 분이 오셨어요" 하며 고맙게 알은체한다.

하도 사랑의 언어로 친절하셔서 다운이 보내온 뉴케어 두 개를 주며 하나는 그대 마시고 하나는 마누라 갖다주라고 하니 잠바에 담아둔다. 잘 먹겠다고.

내가 화단에 심은 흰 민들레꽃을 들여다보며 할머니 정성으로 민들레가 살았다고, 자기가 학교에 심은 것은 죽었다고 섭섭해한다.

늘 반겨주는 경비 할아버지 고마워요.

이 집은 복이 있어.

사촌 동생

사촌 동생은 시집가기 전엔 나와 같이 있을 때가 많았다.

다운 아빠 세 살 때 사촌 동생이 세 살 된 다운 아빠를 업고 과자 사준다고 가게에 갔는데 아이가 뽕, 하고 방귀를 뀌니 가게 주인 앞에서 민망했던지 "얘는 방귀를" 하니 아이가 "이모가 뀌고!" 했다고.

가게 주인이 "아니 이모가 방귀 뀌고 왜 어린아이에게 덮어씌우냐" 옥신각신했나 봐.

지금도 생각하면 웃음이 나온다.

아무도 안 뀌었다는데 대체 누가 뀐 걸까, 그게 퀘스천 마크다.

일전에 다운이 아빠가 혼자 내 방에 와 이런저런 이야기하며 어쩌다 방귀 사건을 말하니 "어린애가 거짓말했겠어요?" 한다.

동생아, 솔직히 말해.

허전한 생일

아들, 딸, 다운이 내외와 물 흐르는 강가 오리백숙 집에서 만나 식사하다.

코로나 때문에 둘러앉을 수 없어서 나는 성민, 다운과 따로 앉아 식사하다.

성민 왈, 할머니는 연세가 많은데도 아름답게 늙으시고 만나면 즐거운 대화도 잘하시니 보기 좋아요. 그도 은근히 말 기술이 있다. 사랑의 언어로 남을 기쁘고 즐겁게 하여 위안을 준다.

성민은 다운 옆에 있으면 다운의 꽁지머리를 매만지며 사랑을 표현한다. 다운이는 예뻐요, 하며. 다운은 자연스럽게 그 옆에 기대며 그가 하는 대로 자연스러운 표정을 짓는다. 그들이 늘 하는 생활 연기다. 보기 좋다.

식사 후 다운 엄마가 돗자리며 빵과 과일을 준비해 와서 느티나무 밑에 깔고 앉아 즐거운 시간을 보냈다.

생일파티가 끝나고 딸들은 자기 집에 가고 아들, 며느리, 성민, 다운만 내 집으로 와서 다운 아빠는 내 잠자리에서 눈 붙이고, 다운은 내 카카오 손보고 잠깐 쉬다 갔다.

현관문을 나가다가 다운 엄마가 무심코 화분에서 자라는 잡초 두 그루를 뽑아버렸다. 나는 놀라 어이가 없었다. 남의 눈에는 잡초지만 나는 심지도 않은 풀이 화단에서 자연스럽게 자라는 것이 사랑스러웠다. 예쁜 꽃은 아니지만 조그맣고 하얗게 피는 꽃이 사랑스러워 오며 가며 바라보곤 했는데.

잡초가 "그 아주머니가 날 뽑았어요. 그의 눈엔 내가 쓸모없는 잡초로 보였나 봐요. 나는 이제 할미와 이별이네요" 하며 시들어버렸다. 다운 엄마는 왜 모처럼 와서 내가 보는 잡초를 뽑아버렸을까. 오며 가며 바라보던 잡초 자리가 텅 비니 허전하다.

그들은 떠나고 나 홀로 다운 엄마가 가지고 온 물건 정리하고 몸 씻고 드러누우니 갑자기 쓸쓸함이 역습한다. 쓸쓸함이 내 삶이지만. 빈 마음 자리, 빈 화분 자리.

카카오로 조영남이 부르는 〈제비〉를 들으며 마음 달래본다.

다운은 7월에나 올 테니 멀게 느껴진다. 다운이는 따로 와야 좋은데 우르르 같이 왔다 갔으니 허허벌판에 있는 심정이다.

허전함을 달래며,
텅 빈 할머니가.

나의 풀밭 풍경

우리 집 풀밭 정원은 누구 하나 관심 없고 물 주는 이 없는 화단이지만 누가 시켜서 하는 일이 아니고 내가 주인이 되어 물 주고 풀 뽑고 하다 보니 나의 즐거움이 되었다.

예쁘게 피어 자랑하던 난초꽃도 시들고 대만 우뚝 서 있다.

그 앞엔 이름 모를 야생화가 연분홍색 흰색, 노란색 섞여 예쁘게 피어 있다.

노란 민들레도 시들고 연보라 제비꽃도 시들고 잎만 이 무성하다.

화단이 조금 높아 상록수 물 주기가 불편하여 달에 한 번 오는 다운 아빠나 다운, 성민을 기다리며 물 주기 협조를 구한다. 그들은 협조를 잘해준다.

딸은 집 관리인이 있어 그들이 할 일이지 노인이 신경 쓰다가 다치면 어쩌려고 물 주고 난리냐고 다그친다. 그 말들이 내 마음을 상하게 한다.

화초는 내 삶의 일부 낙이랄까. 눈이 심심하고 볼 것 없고 이야기 상대 없는 내가 보살피고. 마음을 위로받고 이야기 나누는 친구니까.

오늘 화초밭을 보니 심지도 않았는데 연분홍 나팔꽃이 상록수를 타고 올라온다. 반가워서 잘 올라가도록 길을 놓아주었다.

말이 없는 화초와 이야기하며 사는 재미 쏠쏠하다.

화려하지 않은 꽃밭이지만 나비 한 마리 춤을 추며 날아다닌다.

자연의 신비를 통감하다 해가 저물어 방에 들어왔다.

장민호

처음 장민호를 볼 때 어떻게 마흔이 넘도록 결혼을 못했나 의심스러웠다. 순수하고 사기성이 없는 성품이라 깨끗하게 살았나 싶다. 그의 목소리도 처음엔 답답하여 코 막힌 것 같이 느껴졌는데 지난번 쓴 것처럼 김범룡과 함께 듀엣으로 〈준비 없는 이별〉을 부르는데 그가 옆으로 얼굴을 돌리고 하늘을 향해 목소리를 높일 때 얼마나 멋스러운지 반했다고 해도 과언이 아니었다.

장민호가 차지연과 듀엣으로 〈홍연〉을 부를 때는 그들의 얼굴에 피가 흐르는 것같이 느껴졌다. 노래 맛이 그토록 황홀할 수 없었다.

그 후에 장민호를 좋아하게 됐고 심지어 꿈에 장민호가 내 애인이라며 내 옆에 앉아 사랑에 대해 이야기하는데 꿈에서 깼다. 허망했다. 노래를 하도 듣다 보니 꿈에 나타난 모양이라.

젊었을 때는 가곡만 들었다. 트로트 같은 노래는 노래 같지도 않아 듣지를 않았다. 하지만 나이 먹어 할 일 없이 TV 틀면 전부 그 노래만 눈에 띄는지라. 보다 보니 그들이 노는 모습도 귀엽고 노래도 좋게 들린다. 세월은 변하고 생각도 변한다.

길동무 1

길동무 할머니가 생겼다.

할머니는 나보다 나이가 적다. 여든다섯쯤 되었다.

그는 늘 자기 남편과 같이 배낭 메고 먹을거리 사서 같이 다닌다.

그는 좋은 일도 많이 한다.

복지관 마당 꽃 심기, 풀 뽑기, 거름주기……. 자주 눈에 띈다.

내가 우리 길동무 맞냐고 하면 길동무 맞다고 한다. 좋잖아요, 하니 좋네요, 한다.

그는 식도락가인 듯싶다. 먹는 이야기를 침 넘어가게

맛있게 한다. 먹는 법을 아는 사람 같다. 그 집 음식은 맛있을 것 같다. 그 남편은 복이 있는 듯하다. 음식에 취미가 있는 부인을 만났으니 맛있게 잘 먹고 즐기며 살 것 같다.

작년에 꽃을 심었으니 올해도 꽃모종 심겠네요.
사람들이 오가며 즐기게.
길동무 사랑해요.

길동무2

김밥집 보조 할머니 친정엄마가 백한 살이란다.

나는 더러 심심할 때 빵집 옆 김밥집 앞 벤치에 앉아 길가 나무 풍경을 바라보며 김밥을 먹는다.

그 김밥집 보조 할머니는 여든 정도 된 예쁘장한 노인인데, 날 보면 반가워한다. 자기 친정 엄마가 올해 백한 살인데, 내가 자기 엄마 10년 전 모습같다고. 예쁘다며 반가워한다.

자기 형제가 다섯인데 막내 여동생이 모시고 있다고 한다. 네 명이 각각 매달 15만 원씩 막냇동생 통장에 넣어준단다. 내가 길가에 걸어가면 김밥집 창문에서 늘 그가 손을 흔든다.

안녕!

그도 나의 마음속 길동무다.

안녕!

길동무3

성당 교우 안젤라 씨. 그는 내 길동무다.

이사 온 후 벤치에 앉았는데 다가와 이야기 상대가 되어 서로를 길동무라 부른다. 그가 오늘 자기 영감과 같이 홍천에 바람 쐬러 간다면서 나에게 몇 가지 선물을 주고 갔다. 펴보니 물김치 한 병, 조그만 게 볶음 한 통, 영양 혼합곡 한 봉지, 밥에 섞어 먹으라고.

물김치는 난생처음 먹어보는 이색적인 맛이다. 그가 건네준 성의가 고마웠다. 잘 놀고 오세요. 감사해요. 난 드릴 게 없는데…….

나는 이사 가는 곳마다 한 명씩 길동무가 있다.

일산에서는 4단지 할머니, 분당에서는 성당 교우, 불광동 노인정 친구. 다 저세상 떠났다.

이곳으로 이사 온 후로는 성당 교우 안젤라 씨가 새로운 길동무.

이사 가는 곳마다 대화가 통하고 만나면 즐겁고 경우가 밝은 사람에게 길동무 호칭을 붙인다.

이상하게도 길동무가 되는 분마다 요리를 잘한다. 내가 받아먹을 복이 있나 보다. 과거의 길동무들도 늘 맛있는 음식이 있으면 건네주곤 했다. 그 옛날 길동무들 저세상에서 만나요. 길동무에게 이색 물김치 선물 받고 몇 마디 썼습니다.

친구가 씀.

이름과 운명 이야기1

늘 방황하고 직업 못 구하고 구름처럼 떠도는 그의 삶. 집이라곤 1년에 몇 번 들어와 다음 날 나가면 무소식 행방불명. 난 늘 그를 원망하고 분노하며 사는 내 삶이 죽을 만큼 싫어 아예 그를 추방하고 그 앞으로 있는 아이들의 성을 내 성으로 바꿔 내 운명답게 살기로 했다.

할 짓이 아니었지만

옥편을 뒤져가며 애들 이름을 짓고 김씨를 임씨로 바꿔달라고 호적과에 제출했다. 유명한 점술가에게 물으니 옛 이름보다 현재 지은 이름이 아이들한테는 길명이라고 잘 지었다고 호평받았다.

얘들아 불쌍한 에미를 용서해다오. 그땐 어쩔 수 없었다. 그렇지 않고선 내가 살 수 없었다. 내 운명, 남편 복이 없는 팔자……. 어쩌겠냐. 훨훨 잊어버리고 너희들 운명이려니 하고 너그러이 용서해다오. 이젠 세월 흘러 아들도 딸들도 환갑이 넘고 너희들도 기우는 숫자구나. 요즘은 고령사회라 60은 청춘이라 하더라만. 멋있게 살 나이는 이제부터야. 사랑하고 용서하고 이해하고 탓하지 말고 모든 내 탓으로. 너그러이 재미나게 잘 먹고 잘 사는 게 인생인 것 같더라.

부디 나머지 인생, 사랑 언어 쓰고 재미나게 살렴. 옛날 내 가슴 앓았던 몇 마디 썼다. 이곳 딸들 곁으로 오니 딸들 신세 많이 지고 그들 식사 대접 자주 하고 아들, 며느리, 다운, 성민 자주 와 바람 쐬어주고 맛있는 것 사주고 말년이 더 풍년이야. 다 너희들 덕으로 행복한 삶이다. 감사해.

에미 씀.

이름과 운명 이야기2

오늘은 작은딸 쉬는 날이라고 점심 식사. 모처럼 콩국수 해 먹자고 운동 삼아 만났다. 덥지만 천천히 언덕 올라가자고. 가는 도중에 다운 전화. 기자님 만날 의향 없느냐고. 할머니 지난 역사가 수치스러운 역사가 아닌 이상 망설이지 말고 기꺼이 응했으면 좋겠다고.

여러 가지 말끝에 만나기로 했지만 큰 자랑거리가 아닌 듯싶다. 다운이의 극성에 못 견뎌 하는 일이 많구먼 그래. 다운은 할머니의 역사를 가지고 희극도 하고, 친구들과의 이야깃거리로 삼는 모양. 못난 할머니지만 다운은 언제나 날 측은히 생각하고 딱하게 본다.

고마운 손녀다. 내가 잘못 산 건 보는 시야가 부족했고 옳고 그른 판단력이 부족한 내 탓인걸. 늘 손녀 다운은 날 안타까워하고 기막힌 역사를 통탄한다. 이 지상에서 우리 손녀와 나 같은 콤비가 아무리 봐도 없었고 할머니를 챙겨 한 달에 한 번씩 월급 타면 용돈 보내고 맛있는 거 사주고 하루 영향 균형이 맞게 뉴케어 우유, 견과류를 보내온다. 그 후 허함이 없어졌다.

다운아 고마워 사랑한다.

할머니가.

이름과 운명 이야기3

다운 집에 가려고 기차역에 가다.

11시 51분 표 사려고 역무원 만나 부탁했다. 자세히 친절하게 차표를 끊어주고 올라가 차 타는 위치를 설명해줘 수월하게 고생 않고 잘 탔다.

용산 도착하니 문이 열리고 밖에 한 발 디디니 다운이 할머니, 하고 반긴다. 밖에서 성민과 만나 돼지국밥집 가서 모듬국밥과 고기 썬 것 한 접시 셋이서 즐겁게 먹었다.

다운 집에 가 샤워하고 소파에 앉으니 클래식 음악을 들려준다. 책이 꽉 찬 거실에 앉아 명곡을 들으니 내가 젊어진 기분. 상쾌한 마음.

　다음 날 10시 30분경에 기자가 사진작가와 함께 집에 왔다. 여기자가 꽃다발을 내 가슴에 안겨주었다. 황홀했다. 내가 웬일로 이런 영광을. 별별 생각이 떠올랐다. 많이 걱정했는데 의외로 수더분한 분이라 수월하게 마쳤다. 다운과 꽃다발 안고 사진도 찍었다. 잘하고 있는지 모를 일이었다.

　잘못 산 내 삶 불살라 훨훨 떠나보냈다. 자랑거리도 아닌 어두운 길 공개하는 순간 부끄럽기도 하고 가슴앓이했던 내 가슴의 상처, 아픔 떠오르며 눈시울 적셨다. 말년에 별난 손녀 덕에 이런 순간이 올 줄은 상상치 못한 일. 기자님 두 분 가신 후 옥인동 가서 닭백숙, 각색 나물 맛있게 식사 끝내고 내 집에 다운 엄마가 데려다주었다.

　슬프고 어두웠던 내 삶이여. 불살라 훨훨 하늘로 날아가거라.

남은 것은 주님께서 부르시는 날뿐이다.

별난 손녀와 헤어지고 돌아와 할머니가.

♥ 인터뷰 기사는 《할머니가 물려준 성의 본관은 '자유분방'》, 《한겨레21》 1372호에
서 볼 수 있다.(편집자주)

3부
나도
할머니 길동무
다운 씀

기마이 특훈

아주 어릴 때부터 할머니는 내 얼굴을 빤히 쳐다보다
가 코를 콱 꼬집으며 말했다.

"이 코는 틀림없는 쫌보 코여. 코도 쪼그맣고 콧구녕
도 쪼그매서 돈이 이 구녕으로 한번 들어가면 절대 나
오지를 않는당게. 나한테도 쫌보처럼 굴 거여? 사람이
기마이가 있어야 할 텐데."

할머니가 말하는 '쫌보'란 자린고비같이 인색한 사람,
'기마이'는 시원시원하게 돈 쓰는 기질을 일컫는다.

관상에 정말 과학적인 구석이 있는 것인지, 아니면
할머니의 낙인 때문인지 나는 부정할 수 없는 쫌보였

다. 초등학교 수업이 끝나면 우르르 문방구로 달려가서 아폴로나 오징어다리, 나나콘 같은 불량식품을 사 먹는 것이 또래들의 일과였는데, 나는 100원짜리 동전을 주머니에서 굴리며 고민하다가 결국 친구에게 "한 입만……" 하며 얻어먹는 것으로 만족하는 아이였다. 그뿐 아니었다. 어떻게든 학원을 빠지고 싶어 하는 친구들과는 달리 나는 학원비를 한 달에 얼마큼 내는지, 그렇다면 1회 수업당 얼마인지 나눗셈을 해보고서 '이 영어 수업은 한 번에 15,000원이로군. 15,000원이면 떡꼬치가 서른 개…… 아주 비싸군' 같은 계산을 하면서 가기 싫은 학원에 꾸역꾸역 갔다. 그런가 하면 엄마가 오랜만에 만난 친구의 아들딸들에게 용돈으로 10,000원짜리 지폐 두어 장을 주려고 하면 근엄한 표정으로 "한 장만 줘"라며 귓속말하지를 않나. 엄마 아빠는 자신들이 힘들게 번 돈을 허투루 쓰지 않는 어린 것을 보면서 기특하다고 칭찬해주었고, 그런 칭찬은 나를 더 쫌보로 만들었다.

반면 쫌보라면 질색하는 할머니는 틈날 때마다 기마

이 특훈을 시켰다.

"첫째. 돈 내는 사람 엉덩이가 제일로 가벼워야 혀. 가볍게 착! 하고 일어나야지, 굼뜨게 일어나서 신발끈 묶고 있으면 정나미가 삼천리 도망간당게."

"둘째. 음식을 시킬 때는 말여, 느이 애비처럼 이거 시켜서 다 먹을 수 있을까? 같은 소리 하지 말고 좀 고루고루, 넉넉하게 시켜야 혀. 그래야 젓가락질할 맛이 난당게. 안 그려?"

그래 봐야 할머니도 맘 놓고 기마이 부릴 수 있는 사람은 아니었다. 할머니도 나처럼 엄마 아빠에게 다달이 용돈을 받는 처지인걸. 할머니가 나에게 기마이를 부리고 나면 엄마 화장대 앞에 할머니가 적은 지출 내역 청구서가 놓여 있었다. 다운 아이스크림 500원, 짜장면 두 그릇 8,000원…….

대학교에 들어가니 새내기는 첫 달에 지갑을 가지고 다니지 않아도 된다고 했다. 선배들에게 밥 사달라 연락하고 얻어먹는 달이라고. 쭈뼛거리면서도 부지런히 밥을 얻어먹고 다니다가 다음 해가 되어서 내가 얻어먹은 밥값은 가불이었음을, 받아먹은 만큼 후배들에게 토해내야 한다는 것을 깨달았다. 부랴부랴 아르바이트를 해 할머니가 알려준 대로 기마이를 부려보았다. 멋지게 쏘는 것도 꽤 어려운 일이어서 어설픈 친구들끼리 서로 곁눈질로 보고 배웠다. 너무 비싸도 너무 싸도 난감했고, 너무 취해버리면 다음 날 머리만 아프고 누가 계산했는지 기억도 나지 않았다. 그래도 대체로 할머니가 얘기한 대로 좀 넉넉히 시키고, 엉덩이 가볍게 착 일어나서 계산해보니 기분이 꽤 좋았다.

회사에 다니기 시작하면서 할머니에게도 내 기마이 솜씨를 선보였다. 대단한 식사는 아니더라도 할머니가 알려준 대로 주문도 고루고루 하고, 다 먹고 나서 재빠르게 계산대 앞으로 향했더니 나를 바라보는 할머니 눈에서 하트가 뿜어져 나오는 것이 느껴졌다. '바로 이거야. 내가 원하던 호방함.'

이제 나와 한 달에 한 번쯤 만나게 된 할머니는 매달 먹고 싶은 음식을 생각해둔다. 이번 달에는 〈6시 내고향〉에 나온 메기매운탕, 다음 달에는 어떤 탤런트가 구워 먹던 삼겹살. 다행스럽게도 할머니가 보는 TV 프로그램에 미쉐린 레스토랑, 일식 오마카세 같은 비싼 음식은 나오지 않는 모양이다. 할머니가 메뉴를 선정하면 나는 얼른 주변 맛집을 검색하고 엉덩이 가볍게 일어나 식당으로 향한다.

할머니도 젊었을 때는 손주들이 놀러 오면 용돈을 턱턱 쥐여주고, 동네 친구들을 불러 맛있는 것도 먹이는 자신의 모습을 상상했을 것이다. 부잣집 외동딸로 살다가 그 시절 대학교를 졸업했으면 지금쯤은 은퇴한 교장선생님이 되었을 수도 있었을 테니. 하지만 틀니도 고쳐 써야 하고, 시큰거리는 무릎에 틈틈이 주사도 맞아야 하는 할머니는 한 달에 한 번 내 '기마이 타임'만을 기다린다.

할머니 앞에서는 대인배인 척했지만 나는 여전히 뼛속까지 쫌보다. 요즘 인스타그램을 보면 스스로를 위해 '플렉스' 하면서 좋은 물건 사는 데 돈을 아끼지 않는 사람들이 많던데, 나는 번번이 갖고 싶은 물건이 생기면 만지작거리다가 결국 그보다 조금 싸고 조금 마음에 덜

드는 물건을 사버린다. 하룻밤에 몇십만 원씩 하는 호캉스도 '한 시간에 20,000원?' 하면서 학원비 계산하던 버릇이 튀어나와 나에게는 좀처럼 셈이 안 맞는 활동이 된다. 그럼에도 할머니 덕분에 친구들에게 기마이 부릴 생각에 즐거워하는 사람이 되었다. 같은 값이면 나를 위한 플렉스보다 기마이가 낫지, 생각하면서.

할머니가 신나는 목소리로 전화했다. 책을 내기로 하고 받은 계약금을 할머니와 반씩 나눠 가진 바로 다음 주였다. 에미가 되어 맛있는 것 한번 사주고 싶었는데 돈 들어온 김에 고모들을 불러놓고 시원하게 쐈다고. 할머니가 온 가족을 불러놓고 한 번 더 기마이 부릴 만큼은 인세가 들어와야 할 텐데.

보리차와 바나나킥

일주일에 한 번 보리차를 끓인다. 몸통만큼 큰 주전자에 물을 올리고 보리 세 숟가락, 옥수수, 결명자, 둥굴레 같은 거무튀튀한 알갱이들을 넣고 30분 정도 우려내면 '보리차'라 부르는 구수한 맛의 음료가 된다. 주전자를 식히고 물병에 나눠 담아 냉장고에 넣는 것까지, 귀찮다면 한없이 귀찮은 일이지만 어쩔 수 없다. 할머니가 끓여주는 보리차를 30년간 마시고 산 탓에 맹물이나 콜라 같은 것으로는 절대 갈증을 달랠 수 없는 사람이 되어버린 것이다. 보는 것 듣는 것 많은 엄마가 몇 번이나 집의 먹는 물을 바꿔보려고 했다. 정수기를 들인 적도 있고, 생수를 마셔보기도 하고, 아토피 피부염에 좋다는 이야기를 들었다며 해양심층수 같은 물을 사 온 적도 있다. 하지만 번번이 우리 가족은 맹물을 마시는 데 실패했다.

주전자 한가득 보리차를 끓이고 나면 온 집 안이 축축하고 구수한 공기로 가득 찬다. 할머니는 언제나 갓 우린 보리차를 조금 따라 옆에 있는 내게 주면서 "따수울 때 한 모금 허는 거여" 했다. 이제는 내가 보리차를 끓이게 되었지만 할머니가 알려준 보리차의 법도를 따라 같이 사는 이에게 첫 잔을 건넨다. "따수울 때 마시는 거야."

'다운아 잘 지내니? 난 갑자기 외할머니가 돌아가셔서 장례 치르고 오늘 발인했는데, 나만큼이나 유난히 할무니 손을 많이 탄 네 생각이 나서 연락했어! 할무니 건강히 잘 계시지? 너두 건강히 잘 있고?'

오래 연락이 끊긴 채로 지내던 대학 친구 D의 문자를 받았다. 바쁘게 사니 서서히 멀어지는가 보다 싶던 친구가 갑자기 연락을, 그것도 할머니가 돌아가셨다니. 야근

하던 책상에서 손을 떼고 빈 회의실로 가서 전화를 걸었다. 그렇게 친한 사이였는데도 친구가 할머니 손에서 컸다는 것을 몰랐다. 어릴 때 부모님이 맞벌이하시고 할머니가 언니와 D를 돌봐주셔서 할머니에게는 말할 수 없이 애틋한 마음을 가지고 있다고 친구는 말했다.

우리의 기억은 꽤 많이 닮아 있었다. 맞벌이 가족. 엄마가 밖으로 나돌면 애는 누가 보느냐는 말을 들으면서도 결혼과 동시에 일을 그만두지 않는 여자들이 우리의 엄마들이었고, 할머니가 그 시간 동안 우리를 돌봐주었다. D에게 할머니가 어떤 분이셨는지 얘기해달라고 했다. D의 할머니는 아주 조용하고 수줍음이 많은 분이셨다고. "내가 울면 할머니가 내 손을 잡고 집 앞에 있는 구멍가게에 데려가서 바나나킥을 사줬거든? 그게 입에서 사르르 녹잖아. 그럼 기분이 다시 좋아지는 거야. 그래서 요즘도 속상한 일이 생기면 바나나킥을 먹어야 돼."

우리는 할머니들 때문에 이런 입맛으로 평생 살게 생겼다면서 웃었다.

얼마 뒤 마트에서 장을 보다가 바나나킥이 보여 D를

생각하며 한 봉지 샀다. 봉지를 까자마자 '빠나나' 냄새가 훅 하고 올라왔다. 노란 바나나킥 하나를 입에 넣으니 아사삭 소리를 내면서 부서졌고 다디단 부스러기가 혀 위에서 사르르 녹았다. 마지막으로 바나나킥을 먹은 게 언제였는지도 기억나지 않지만 새삼스럽게 반갑고 보드라운 맛이었다. 매사에 똑똑하고 맺고 끊는 것에 거침없는 D가 속상할 때마다 먹는 음식이 이 바나나킥이라니!

보리차야 내가 언제든 끓여 마실 수 있어서 걱정 없다지만 바나나킥은 집에서 만들 수도 없고 단종되면 큰일이라는 생각이 들었다. 좀처럼 단 과자를 먹는 일이 없고, 새우깡이나 포카칩처럼 짠 과자를 즐기는 나지만 D에게 그런 불행한 일이 생겨서는 안 되니 슈퍼에서 바나나킥을 만나거든 종종 사 먹어야겠다고 다짐했다. 할머니 손에 큰 아이들의 연대랄까.

길동무

　오래전 가족이 다 함께 군산에 갔다. 군산은 할머니가 어린 시절을 보낸 곳이고, 군산에서 한 시간 정도 배를 타고 갈 수 있는 어느 작은 섬 언덕에는 할머니의 엄마, 그러니까 나의 증조할머니가 묻혀 있었다. 멀리 떨어져 사는 우리 가족을 대신해서 할머니의 사촌 동생이 1년에 두어 번씩 벌초도 해주고 봉분에 술도 한 잔씩 뿌려주셨는데 이제 그 동생도 팔순을 바라보는 할아버지가 되었다. 묘지에 있는 유골을 수습해 납골당에 모실 때가 된 것이다.

　배가 섬에 도착하고, 매일같이 육지와 섬을 오가는 사

람들이 짐을 부지런히 실어 날랐다. 구멍가게에 들어
갈 소주 박스도 싣고, 시금치며 고구마 같은 채소도 오
가는 와중에 누군가 "봉근아" 하고 할머니를 불러세웠
다. 할머니 또래의 여자였다. 둘은 잘 지냈느냐며 안부
를 물었다. 피차 조글조글해진 손등을 한참 동안 쓸다
가 "그려, 그럼 잘 지내" 하고 헤어졌다. 누구냐고 물으
니 섬에 살 때 함께 놀던 동무란다. 열다섯 살에 본 것이
마지막인데 60년이 지나서도 서로 알아볼 수 있느냐고
물으니 얼굴은 그대로란다. "그렇게 반가운 친구인데
전화번호라도 묻고 해야 하는 것 아니야?" 물으니 할머
니는 휘휘 산으로 걸으며 말했다.

"뭘 물어봐. 어차피 오늘 보는 게 마지막인디."

할머니는 서 여사 이야기를 자주 한다. 둘도 없이 친
한 사이였다고. 학교에서도 매일같이 붙어 다녔는데 남
편 복 없는 것까지도 똑같더라나. 그런 서 여사가 환갑
을 못 넘기고 일찍 저세상으로 가버린 다음 할머니는
아직도 좋은 것을 보면 서 여사를 생각하며 허전해한

다. "서 여사는 이런 것도 못 보고 갔구먼그려" 하면서.

내가 어릴 적까지만 해도 할머니는 회사에 다니던 친구들 네댓 명과 여행도 가고 가끔 서로의 집에도 놀러 갔던 것 같은데 점점 소식이 뜸해지더니 요양원에 들어갔다는 소식이 들려왔다. 이후 한 분 한 분 돌아가셨다는 이야기들이 있었고, 이제 남은 것은 할머니뿐이다.

여러 친구를 앞세워 보내고 나서 누군가를 새로 만나 깊게 알아갈 시간도, 여력도 없는 할머니에게는 이제 '베스트프렌드' 대신 '길동무'가 있다. 길동무는 할머니가 산책길에서 만나서 말을 섞게 된 사람들을 부르는 말이다. 할머니들의 일과는 아주 규칙적이라 매일 같은 산책로를 걷고 같은 벤치에 앉아서 쉬다 보면 따로 연락처를 교환하지 않고 사는 곳을 굳이 묻지 않아도 눈인사하며 안부를 묻는 사람들이 생기는 것이다. 몸이 멀어지면 마음도 멀어진다는데, 할머니의 세계에서 몸이 멀어지는 것은 앞으로 다시 보지 못할 수 있음과 같은 말이다. 젊은 사람들처럼 운전하고, 지하철을 타가면서 친구들을 만나러 다닐 수 없으니 아무리 마음이 잘 맞는다 해도 이사를 가고 나면 우정을 지속하기 어렵다. 이런 할머니들의 우정에 '시절인연'이라는 쓸쓸한 말을 붙일 수도 있겠지만, 나는 할머니의 '길동무'라는 말이 퍽 마음에 든다.

나는 마음에 맞는 친구를 만나면 너무 쉽게 미래를 약속해버린다. 우리 주말에 같이 자전거 타러 다니자. 내년에는 같이 여행 가자. 이사는 같은 동네로 가자. 우리 환갑잔치는 어디서 하는 게 좋을까? 모든 관계가 그렇듯 그렇게 죽고 못 살다가도 뜨뜻미지근해지기도 하고, 다신 안 보는 사이가 되기도 한다. 할머니처럼 곁을 오고 가는 사람들에게 초연해지기까지는 아주 많은 연습이 필요할 것 같다.

문득 그런 생각도 든다. 그때 군산에서 할머니를 알아보고 불러세웠던 그 친구, 어쩌면 할머니랑 그렇게 친한 사이가 아니었을 수도 있겠네.

애도 연습

새해 첫날 아침, 가족들이 모인 밥상에서 할머니는 가족 기도를 시작한다.

"주님 은혜로이 내려주신 이 음식과 저희에게 강복하소서. 하느님, 새해가 밝았습니다. 제가 너무 오래 살고 있습니다. 살 만치 살았으니 앞으로 3년 정도만 더 있다가 데려가시면 됩니다. 아멘."

새해 첫 식사 자리와 어울리지 않는 뜬금없는 기도지만, 이것은 아주 오래된 우리 집의 의식이다. 육십대에는 일흔까지만 살게 해주세요, 칠십대에는 여든까지만, 팔순 넘어서는 아흔 넘어까지 살 수는 없습니다…….

이런 말을 차례로 거치며 할머니는 백수白壽를 목전에 두고 있다.

어릴 때는 할머니가 죽을 때가 되었다고 얘기할 때마다 너무 무섭고 슬퍼서 "왜 그런 말을 해! 할머니 백 살 살아야지!" 하면서 밥상 앞이든 길거리에서든 꺼이꺼이 울었다. 할머니는 코를 심하게 골아서 '커걱' 하면서 숨을 멈추는 때도 많은데, 옆에서 자던 나는 숨 멎는 소리가 들리면 화들짝 놀라서 코 밑에 손가락을 가만히 대고 '푸우우' 소리를 기다리곤 했다.

할머니의 죽음 타령을 듣다 보니 나도 나름대로 대응법이 생겼다.

"할머니가 자꾸 하느님이랑 남은 날을 흥정하려고 하니까 괘씸해서 더 안 데려가시는 거 아녀. 그런 얘기를 일체 하지 말아 봐. 바로 데려가실 수도 있당게."

지난가을 할머니와 기차를 타고 춘천에 가서 막국수를 한 그릇씩 먹고 소양강 스카이워크를 걸었다. 소양강 스카이워크는 바닥이 투명한 유리로 돼 발밑으로 강물을 보며 걸을 수 있는 짧은 다리였는데, 할머니는 "아이

구매나…… 이렇게 무서운 다리가 있냐” 하면서 내 팔짱을 꼭 끼더니 행여나 바닥을 볼까, 고개를 높이 들고 먼 산을 보며 아무 말도 없이 다리 끝까지 걸어갔다. 다리 끝에는 엄청나게 큰 쏘가리 동상이 세워져 있었다. 할머니는 긴장이 풀렸는지 쏘가리 동상을 바라보며 말했다.

“너랑 노는 게 이렇게 재밌어서 어쩐다냐. 이제 진짜 얼마 안 남은 것 같기는 한데, 갈 생각을 하니께 아쉬워.”

또 한번은 꿈을 꿨는데 생각만 해도 이가 갈리는 할아버지라는 작자가 꿈에 나타나 미안했다면서, 사과의 표시로 할머니가 풀밭에 싼 똥을 다 먹어 치웠다고 했다. 그렇게 엽기적인 사과를 받고 나서 할머니는 똥 먹은 할아버지를 따라 굽이굽이 산길을 걸어가는데, 갑자기 등 뒤에서 할머니! 할머니! 하는 내 목소리가 들리더란다. 꿈에서 죽은 사람을 끝까지 따라가면 깨어나지 못하고 저세상으로 가는 거라는데, 할머니는 내가 자기를 살렸다고 고마워한다.

가끔 할머니가 진짜로 내 옆에 없는 날을 상상한다. 언젠가부터 우리 집은 명절이나 기일이면 제사 대신 밥상에 한 사람 몫을 더 차려놓곤 했다. 이제까지 그 밥그릇의 주인은 할머니의 엄마, 나의 증조할머니였지만 할머니가 가고 나면 모녀가 밥을 사이좋게 나눠 먹게 될 것이다.

또 언젠가 젊은 나이에 저세상으로 간 친구를 추억하며 그의 친구들이 기일마다 함께 모여 밥을 먹는다는 이야기를 듣고 나서는 기일을 꼭 가족들끼리만 챙길 필요가 있나, 옆집 아주머니나 안젤라 씨처럼 할머니를 기억하는 길동무들과 함께 밥을 먹어도 좋겠다 싶었다. 할머니는 먹고 싶은 게 많은 사람이니 해마다 다른 식당에서 만나는 게 좋겠네. 올해는 쏘가리매운탕, 내년은 장충동 보쌈집…….

하지만 그날이 가까워질수록 아쉬워하며 말을 아끼게 된 할머니처럼 나도 할머니를 어떻게 보내야 할지, 내가 할머니를 어떻게 추억하게 될지 생각하기가 점점 어렵다. 지금 할 수 있는 일은 한 달에 한 번 기차를 타고 할머니에게로 가서 이달의 메뉴를 묻는 것, 현재의 시간을 잘 보내며 기억할 거리를 성실히 쌓는 것뿐이다.

성탄 일기

12월 24일, 할머니에게 전화가 왔다. 크리스마스에 성당도 못 가고 너무 외롭다는데 차마 놀러 가겠다는 말도, 우리 집에 오라는 말도 나오질 않았다. 크리스마스니까. 인스타그램에는 이미 크리스마스를 기념해서 호텔 수영장에서, 제주도에서, 멋진 레스토랑에서 로맨틱한 시간을 보내고 있는 사진들이 넘쳐났다. 딱히 크리스마스 계획이라 할 건 없었지만 집에서 맛있는 것도 먹고 성민과 둘이 오붓하게 영화도 보고 그래야 할 것 같았다. 모르는 척하면서 할머니에게 밖이 너무너무 추우니까 집에서 TV 잘 보고 있으라고 했다.

‘크리스마스에는 카카오야한테 무슨 노래를 틀어달
라고 하면 성탄 분위기가 좀 나겠냐’고 묻는 할머니에
게 ‘크리스마스 노래! 틀어달라고 해’라고 했다. 너무
어려운 말은 할머니도 하기 어렵고 스피커도 못 알아들
을 테니.

한 시간 후에 다시 전화가 왔다. 크리스마스 노래 틀
어달라고 했더니 시끄러운 노래만 나오는데 어쩌면 좋
으냐고. 이놈의 스피커는 대체 어떤 노래를 틀어줬을까.
머라이어 캐리의 〈All I want for christmas is you〉? 터
보의 〈화이트 러브〉? 상상하니 과연 시끄러웠다.

에이 참. 어떻게 해도 심심한가 보구먼. 다음 날 차를
빌려 할머니를 데리고 집으로 왔다.

고기를 조금 사다가 구워 먹고 나서 거실 소파에 누운
할머니에게 시끄러운 ‘크리스마스 노래’ 말고 재즈 캐
럴 앨범을 틀어주었다. “너무 좋다. 안 왔으면 어쩔 뻔
했을까” 하면서 고롱고롱 소리를 내면서 낮잠을 자는
할머니의 하얗고 쪼글쪼글한 모습이 늙은 개 같았다.

할머니는 자정이 넘도록 9번 채널에서 나오는 뉴스와

사극 드라마를 보고, 성민이는 영화를 보고, 나는 침대
에서 책을 읽으며 성탄절 밤을 보냈다. 할머니 덕분에
크리스마스 저녁이 더없이 심심하게 흘러갔다. 예수님
은 알까? 자기 생일을 온 세계가 이렇게나 요란하게 축
하한다는 사실을. 그래서 더 쓸쓸해하는 사람도 많다는
사실도.

천국을 찾아서

"정말 천국 같은 맛이네. 이런 건 어떻게 맨들어 먹는 거냐."

집에 놀러 온 할머니에게 바닐라 아이스크림 위에 진하게 내린 커피를 부어 아포가토를 만들어주었더니 박수를 치며 말한다. 알커피에 뜨거운 물을 아주 조금 넣고 녹여서 아이스크림에 부어 먹으라고 야매 레시피를 알려주니 꼭 해봐야겠다며 몇 번이나 확인한다.

"그러니께 그 커피가루 두 숟갈에 뜨거운 물 두 숟갈 넣으면 되겠지?"

할머니와 함께 간 카페에서 재즈가 흘러나오고 있었다.

"정말 천국이 따로 없는 노래네. 내가 이런 노래를 좋아하는디 그것도 모르고 살았네. 이건 카카오야한테 뭐라고 부탁해야 나오겠냐."

"할머니 이런 노래는 재즈야. 그러니까 카카오야한테도 재즈 틀어달라고 해."

"재스? 재주? 째수?"

할머니는 발음을 연습한다.

친구들끼리 모이면 뭐든 냉소적으로 이야기할 때가 많다. 요즘 재밌는 게 하나도 없다, 유명한 곳에 가봐도 별스럽지 않더라……. 무언가가 정말 좋았다고, 새로웠다고 호들갑 떠는 것보다 어깨를 으쓱하는 것이 더 '쿨'해 보이는 건 사실이니까. 하지만 삶이 진창일 때도 잠깐의 천국을 찾아가며 90년을 살아온 할머니를 보면, 나이 든다는 것이 꼭 무언가 쇠하고 닳아 없어지는 것만은 아닌 것 같아 덜 두려워진다.

하지만 할머니, 진짜 천국은 좀 천천히 찾아가도 돼.

두 디제이

원체 덜렁거리는 성격이라 숱하게 많은 물건을 잃어버리고 망가뜨렸다. 오죽하면 유치원 선생님도 "내 일과는 네가 흘리는 걸 줍고 다니는 것이란다"라고 하셨을까. 나라고 잃어버리고 싶어서 잃어버리겠나. 나름 노력했지만 마음처럼 쉽지 않았다. 그래서 물건에는 정해진 인연이 있어 내 게 아닌 것은 떠날 것이고, 내 곁에 남아주는 물건은 감사한 것이라는 마음을 갖게 되었다. 그 와중에 시간이 지나도 자꾸 생각나는 게 있다. 옛날 사진이 잔뜩 담겨 있지만 컴퓨터가 읽을 수 없게 된 외장 하드, 어릴 때 친구들과 쓰던 교환 일기장, 그리고 할머니와 내 목소리가 담긴 카세트테이프.

학교에 다녀온 나와 할머니가 보내야 하는 시간은 길다. 우선 저녁을 지어 먹고 동네를 산책하는데 할머니는 동네에 모르는 사람이 없기에 마주치는 사람마다 안부를 주고받고, 나는 그런 할머니 옆에 열쇠고리처럼 달랑거리면서 어른들 이야기를 엿듣는다. 집에 들어와서 일일연속극에 뉴스까지 보고 나면 겨우 밤 10시. 잠은 오지 않으니 우리는 어떻게든 재미를 발명해야만 한다. 실뜨기도, 가위바위보를 해서 꿀밤 때리기도 지겨워진 어느 날, 나는 집 안을 굴러다니는 카세트테이프를 발견한다. 영어 학습지에 무더기로 딸려 온 것들인데, 받아놓고 한 번도 틀어본 적이 없고 앞으로도 틀지 않을 것들. 아빠에게 배운 대로 카세트테이프 윗면의 구멍을 투명 테이프로 막아서 원래 녹음된 것들 위에 새로 녹음할 수 있는 상태로 만든다. 그리고 할머니를 카세트플레이어 앞으로 부르고, 빨간색 녹음 버튼을 달칵 누른다. 준비할 새도 없이 얼레벌레 시작되는 오늘의 방송.

“아, 아, 안녕하세요. 오늘의 디제이 임다운, 그리고 ……임봉근입니다.”

미리 정해진 순서가 있을 리 만무하다. 보통 할머니가 자기가 좋아하는 가곡을 불렀다.

“아, 첫 곡은 거시기…… 〈아 목동아〉입니다. 아 목동들의 피리 소리들은— 산골짝마다 울려 나오고—.”

할머니가 노래하는 동안 나는 리코더를 후다닥 조립하고 내 차례를 준비한다.

“다음 곡은 〈타이타닉〉입니다. 삘릴리 삘릴리리리리.”

더 이상 들려줄 것이 마땅치 않아지면 9시 뉴스에서 들은 날씨 이야기로 깔끔하게 마무리.

“내일은 비가 온다지요? 우산을 챙겨야겠습니다.”

“예, 그려요.”

“이상 임다운, 임봉근이었습니다.”

우리 둘 각자 나름의 방식으로 라디오 디제이를 흉내 냈지만, 테이프 속의 내 목소리는 누가 들어도 앳된 열 살짜리 어린이의 것이고, 할머니는 말을 고르느라 뻣뻣

해져서 어색하기 짝이 없는 말투였다. 그렇게 테이프마다 날짜를 적어두고 다시 꺼내 듣는 것까지가 우리의 취미가 되었다. 할머니는 민망해하면서도 그 디제이 놀이가 꽤 재밌었는지 집에 고모나 동네 사람들이 놀러 오면 "내가 요즘에 다운이랑 이러면서 논당께, 다운아 테푸좀 틀어봐라" 하며 나를 시켜 테이프를 틀게 하고 사람들의 반응을 가만히 살폈다. 기껏 들려줘 봐야 듣는 사람들은 별 감흥이 없이 시큰둥해하고, 만든 사람들만 "나 왜 저렇게 말했지?", "가사 틀렸었네!" 하면서 웃느라 정신이 없었다. 몇 번의 이사를 거치며 어느샌가 카세트플레이어가 없어지고, 집에 있던 테이프들도 모두 행방을 알 수 없게 되었다. "그거 언제 들어도 참 재밌었는데 간수를 못 했어……." 할머니와 나는 여전히 아쉬워서 입맛을 다신다.

20년 넘도록 잃어버린 것을 떠올릴 바에는 새로 시작해보는 게 나을까도 싶다. 요즘은 스마트폰만 있으면 녹음도 되고 편집도 할 수 있으니까. 재밌는 팟캐스트가 많지만 우리만큼 너른 연령을 아우르는 디제이는 없

을 것이다. 삼십대부터 구십대까지, 가끔은 99금 농담
을 곁들이기도 하면서. 프로그램 이름은…… 언제 끝날
지 모르니 '임봉근, 임다운의 오늘내일' 정도가 좋겠다.

열린 할머니 닫힘

할머니가 자식들 성까지 화끈하게 갈아치운 사람이라는 이야기에 주변 사람들은 하나같이 "너희 할머니 진짜 멋지시다", "신여성이시다"라고 반응한다. 나도 동의한다. 할머니가 특별히 젊게 살려고 노력하는 것은 아니지만 나는 나고 너는 너, 나는 나 하고 싶은 대로 산다. 그러니 너도 잘 살아라(나 건드리지 말고), 하는 자유롭고 쿨한 태도가 요즘 사람 같달까?

그래서 할머니랑 통화하고 있으면 또래 여자와 이야기하는 듯하다. 이를테면, 퇴근길에 전화를 걸면 "일하고 집에 가면 손 하나 까딱하기 싫쟈? 뭐 해 먹을 힘이 있나. 맛있는 거 시켜 먹으면 세상 편허지. 얼른 들어가서 쉬어라” 하면서 1970년대 공장 사감으로 일했던 기억을 더듬어 동료처럼 말해주기도 하고, 요즘 여자끼리 남자끼리 사귀는 친구들도 많다는 것을 알려주려 하니 “그려, 나도 알아. 옛날에 학교에 들어가면 한 학년 위의 언니를 엑스언니-엑스동생으로 맺어주고 자매처럼 지내라고 했었거든. 나도 있었지, 엑스언니. 그런데 그 엑스언니랑 죽고 못 사는 애들도 많았지. 요즘도 그런가 비지?”라며 네가 말하는 그 ‘요즘 사랑’이라는 게 새로울 것 없는 이야기라고 대수롭지 않게 말한다.

그러나 할머니가 어쩔 수 없는 옛날 사람이라고 느끼게 되는 순간도 많다. 10년 전 어느 날, 할머니가 TV에서 영화 예고편을 봤는데 재밌겠더라면서 영화관에 가자고 했다. 할머니가 먼저 영화관에 가자고 하는 일은 좀처럼 없는 일이라 흔쾌히 표를 예매했다. 할머니가 보고 싶어 했던 영화는 바로 〈노예 12년〉. 자유롭게 살던 한 흑인 남자가 인신매매를 당해서 이집 저집 노예로 팔려 다니며 온갖 고생을 하다가 12년 만에 비로소 다시 자유인이 된 일대기를 그린 영화였다. 노예살이의 고통이 너무 처절해서 눈을 감고 싶다가도 그 지옥에서 희망을 잃지 않고 기어이 탈출해내는 주인공의 모습이 아름다워서 영화가 끝나고도 먹먹해하고 있었는데, 할머니가 영화관을 나서며 말했다. "영화는 역시 깜둥이 영화가 재밌네."

몇 년 전, 데이나가 한국에 놀러 왔다. 데이나는 내가 교환학생으로 파리에 갔을 때 만난 미국 친구인데, 첫 수업에서 옆자리에 앉은 데이나에게 "안녕 난 데이나야" 하고 인사를 건넨 것이 인연의 시작이었다. 내 이름을 외국 사람들에게 소개하자니 "업 앤 다운 할 때 그 다운?" 할 것만 같아서 어릴 적 영어학원에서 선생님이 붙여주었던 '데이나'라는 이름을 부활시켰던 것인데, 하필이면 첫날, 첫 수업부터 '진짜 데이나'를 만나버린 것이다. "세상에. 나도 데이나야. 진짜 반갑다" 하고 신기해하는 모습을 보니 어쩐지 거짓말을 한 것 같아서(생각해보면 그럴 이유도 없지만) 사실 내 이름은 데이나가 아니라 다운이라고 우물쭈물 고백했다. 데이나는

"다운도 멋진 이름인데? 내가 잘 외워볼게, 다운!"이라고 호쾌하게 이야기해주었고 그날로 우리는 친구가 되었다. 미국으로 돌아간 데이나에게 꼭 한국에 놀러 오라고 입버릇처럼 얘기했는데 진짜 이 먼 길을 날아 온다 하니 우리 집에도 초대해서 밥 한 끼 대접하기로 했다. 미국 사람과 만날 일도 없고, 집에 들일 일은 더더욱 없던 우리 가족들은 데이나가 오기 한참 전부터 조금 긴장한 눈치였다. "불고기는 먹으려나? 매운 건 못 먹겠지?" 하면서 엄마는 저녁 메뉴를 고민했고, 아빠는 집에 사두었던 서바이벌 영어 회화책을 다시 뒤적거리면서 인사말을 연습했다. 그리고 할머니는…… 크게 신경 쓰는 것 같지 않았다.

　며칠 후 데이나가 우리 집에 들어선 순간, 시큰둥하게 앉아 있던 할머니가 박수를 치면서 "와아!" 하고 현관 앞으로 나와 반겨주었다. 역시 할머니가 글로벌하게 손님 맞이 할 줄 아네, 생각하고 있던 찰나 할머니가 말했다.

　"헬로? 이 양반 거시기…… 오바마 부인 같으네. 헬로, 유 오바마!"

기함하는 내 옆에서 흑인 여성 데이나는 와하하 웃으면서 말했다.

"오바마? 아이 러브 오바마. 땡큐 땡큐."

그러고는 두 손을 합장하고 90도로 허리를 공손하게 숙였다. 마치 인도 고승을 만난 것처럼.

나만 둘 사이를 오가며 호들갑이었다.

'할머니, 흑인 여자라고 냅다 미셸 오바마라고 부르면 안 돼!'

'데이나, 한국에서는 합장하고 인사 안 해. 그건 다른 나라 인사법이야!'

정치적 올바름의 잣대를 엄격하게 들이대자면 불편할 수도 있겠지만 서로 반가워하기로 마음먹은 사람들끼리는 정작 크게 문제되지 않았다.

내가 혼인신고 하면서 아이가 내 성을 따르도록 체크했다고 이야기하니 할머니는 펄쩍 뛰었다.

"에이, 그러면 안 되지."

"왜, 할머니도 애들한테 할머니 성 붙여줬잖아!"

"나야 남자가 몹쓸 놈이었으니 어쩔 수 없이 그랬지

만 네가 그러면 쓰냐?”

“이미 그렇게 신고해서 못 물러. 할머니 때문에 그런 거 아니니까 신경쓰지 마!”

내 선택을 이해하고 지지해줄 거라 생각했던 할머니가 갑자기 옛날 사람처럼 구는 것이 당황스러워 나도 모르게 신경질을 내버렸다.

요즘 사람이면서 옛날 사람, 이상한 데 열려 있고, 예상치 못하게 닫혀 있는 할머니와 대화하다 보면 여러 생각이 든다.

‘아 맞다. 할머니 나랑 말 잘 통하는 신여성이었지.’

‘아 맞다. 할머니도 어쩔 수 없는 옛날 사람이었지.’

동시에 할머니의 선택에 내 멋대로 너무 많은 의미와 서사를 부여하지 말아야 한다는 것, 할머니는 그냥 자기 삶을 살고 있을 뿐이라는 것도.

할머니의 건강 비결

할머니가 다니는 노인복지관으로 지역 보건소에서 출장 치매 검사를 나온단다.

"이름이 뭐예요?", "오늘 무슨 요일이에요?", "요 며칠 가스 불 켜놓고 나온 적 없으세요?" 같은 질문을 몇 개 하고 대답을 듣더니 "할머니는 10년 후에 다시 오세요" 하더라면서 할머니는 웃었다. 10년 뒤면 할머니는 노인복지관에서 '백세 체조 교실'을 수강하는 백다섯 살 수강생이 될 것이다. 무릎, 눈, 이……. 할머니는 스스로 성한 곳이 하나 없다고 하지만 사람들은 아흔 넘은 나이에도 지팡이 없이 걸어다니고 목소리도 우렁우렁하고밥도 잘 먹는 할머니의 건강 비결을 묻는다.

내가 옆에서 관찰한바 할머니는 누구보다도 부지런하다. 아침 6시면 일어나 짧은 팔다리를 휘두르면서 맨손체조를 하고, 너무 궂은날이 아니면 오전 산책을 한바퀴 하고 노인복지관이나 성당이나 어디든 간다. 집에서도 가만히 앉아 있지 않고 꽃에 물을 준다거나 집 안을 서성거린다.

그리고 아픈 것을 참지 않는다. 드라마를 보면 아파도 꾹 참고, 아무에게도 말하지 않는 우리네 어머니들의 모습이 가끔 나온다. "나 아픈 거 알아서 뭣하게, 나는 괜찮으니 걱정하지 말아라" 하면서. 할머니는 정반대다. 아프다 싶으면 재깍 동네 의원으로 달려간다. 약을 많이 먹어서 좋을 게 있겠느냐마는 "내가 아픈데 왜 그런지 모르겠다! 왜 그런지 모르겠습니다!" 하고 의사에게 하소연하는 행위만으로도 꽤 많은 아픔이 해결되는 것이 아닐까 추측해본다.

이런 할머니는 내 몸도 살뜰하게 챙겨주었다. 어릴 적 나도 할머니를 따라 손을 잡고 병원에 가서 약을 타 먹은 기억이 많다. 건강에 대한 할머니의 염려는 좀 유난스럽기도 했는데, 이차성징이 시작되어 내 가슴이 아주 쪼끔 봉긋해진 것을 보고 할머니는 "어메, 어린애가 젖이 왜 이리 크대? 오메, 멍울도 있네" 하면서 걱정스럽게 이리저리 만져보더니 곧장 나를 데리고 유방 초음파 검사하는 병원에 가기도 했다. (할머니의 우려가 무색하게도 현재는 전혀 크지 않다. 어쩌면 그때 너무 놀라서 가슴이 성장을 멈췄는지도?) 아무튼 할머니의 이런 극진하고 요란한 관리 덕분인지, 잔병치레가 많아 가족들의 걱정을 샀던 나도 지금은 1년 내내 감기 한 번 걸리지 않는 튼튼한 어른이 되었다.

그런 할머니가 얼마 전 새로 이를 해 넣느라 얼마만큼의 저축을 헐었다고 비밀스럽게 얘기했다. 할머니의 틀니는 부분 틀니다. 성한 이가 하나도 없으면 잇몸에만 의지하는 전체 틀니를 해야 하지만, 몇 개라도 멀쩡한 이가 있으면 성한 이에 고리를 걸어 쓰는 부분 틀니를 한다. 그렇게 몇 년을 쓰다 보면 그 성한 이도 흔들거리게 되어 못 쓰게 되니 새로 보수공사를 하는 것이다.

그 얘기를 듣고는 나도 모르게 "그냥 살면 안 돼?"라는 소리를 해버렸다. 할머니에게 한 푼이라도 물려받겠다는 기대 같은 것은 애당초 없었지만 꽤 큰 돈이기도 했고, 솔직한 마음으로 돌이켜보면 그걸 맞추면 몇 년을 더 쓸까, 생각했던 것 같기도 같다.

할머니는 "하루를 살아도 제대로 씹어야 쓸 거 아녀"라면서 주제넘은 참견에 서운해하는 기색도 없이 상쾌하게 콧방귀를 뀌었다. 그렇게 입속을 수선한 할머니는 고기도 회도 잘 씹어먹는다.

나도 조그만 충치 때문에 며칠 동안 신경이 곤두선 날이 있었다. 그렇다고 내가 할머니의 치통을 이해할 방법은 없다. 가끔가다 온몸이 두들겨 맞은 듯 아픈 날도 있지만 그것이 90년 넘게 쓴 몸이 쑤시는 것과 얼마나 같고 얼마나 다른지 할머니만큼 살아보기 전까지 결코 알 수 없을 것이다.

그러니 그때까지 나도 일단 할머니를 따라 해보기로 한다. 아플 때 참지 않기. 먹고 싶은 것 미루지 않기. 하고 싶은 말 쌓아놓지 않기. 재미있는 것이 보이면 부지

런히 움직이기. 조금 아이 같고 대책 없어 보여도 내 눈
으로 검증한 최고의 건강 비결이니까.

꽃밭에서

또 식물 하나를 죽이고 말았다. 잎이 부쩍 마른 것 같길래 오며 가며 물을 자주 줬는데도 나아지지는 않고, 이파리 끝이 점점 더 마르더니 급기야는 줄기까지 누렇게 변했다. 줄기를 슬쩍 들어 올리니 밑동이 삶은 무처럼 뭉그러져 있었다. 물을 너무 많이 준 것이었다. 뿌리가 썩어버려서 물을 흙에서 잎까지 끌어 올리지 못하고 잎만 마르는 것처럼 보였다. 햇빛 잘 쐬어주고 물 잘 주면 알아서 크는 줄로만 알았더니 물을 너무 많이 줘도 안 되고, 해를 너무 많이 봐도 잎이 타버린다나. 내 손으로 식물을 키우기 전까지는 몰랐던 일이다.

할머니를 찾아가면 할머니는 "우리 강아지 왔냐" 말하지 않고, 궁둥이를 두드리지도 않고, 다라이(대야)를 건넨다. 나는 익숙하게 가방을 대충 방에 던져두고 할머니 집 화장실에서 다라이에 물을 찰랑찰랑하게 받아서 빌라 앞 화단으로 나간다. 화단 앞에서 기다리던 할머니는 다라이에 담긴 물을 두 손으로 퍼서 풀들이 다치지 않게 조심히 준다.

여덟 집이 사는 다세대주택에 딸린 화단은 한 사람 누울 수 있을까 말까 한, 벽돌로 가장자리를 둘러놓고 작은 주목 한 그루 심어둔 흙밭에 불과했었다. 할머니가 이사 오고 나서 들꽃 씨앗들을 받아다가 심은 덕에 좁은 흙밭은 봄에는 제비꽃, 여름에는 개망초…… 계절마다 다른 꽃이 피는 정원이 되었다.

화장실과 화단을 서너 번 오가고, 꽃들도 물을 먹을 만치 먹고 나면 그제야 할머니는 내 손을 잡고 집으로 들어간다. "다운이 니가 와야 물을 양껏 준당게" 하면서.

"누가 보면 할머니 건물주인 줄 알겠어. 왜 남의 집 화단에 이렇게 공을 들인대? 아무도 신경 안 쓰는 것 같은

데, 상추 같은 걸 심어, 차라리” 하고 입을 삐죽거리면 “여기는 그런 거 심는 자리가 아녀”라며 내 멋대가리 없는 제언을 일축한다.

할머니의 꽃밭은 도시 구석구석에 숨어 있다. 출근할 때마다 지나는 골목길에는 언제나 깨끗하게 빛나는 전신 거울이 붙어 있다. 저 멀리서 걸어올 때부터 거울 속 내 모습이 보이기 때문에 부스스한 머리를 쓸어 넘기기도 하고, 모델처럼 느낌 있게 걸어보기도 한다. 그러다가 어느 날 거울이 깨져 있었고, 다음 날에는 거울이 사라지고 휑한 벽이 보였다. 어쩐지 삭막한 느낌에서 서운했는데, 얼마 지나지 않아 새로 거울이 붙었다! 아침마다 내가 비밀스러운 런웨이를 이어갈 수 있게 해주시는 거울 선생님에게서도, 엘리베이터에 좋은 글귀가 적힌 쪽지를 매주 갈아 끼워주시는 명언 선생님에게서도 (지난 주 명언은 ‘딸기가 딸기 맛을 지니고 있듯 삶은 행복이란 맛을 지니고 있다’였다. 아마 좋은 뜻일 것이다) 꽃밭을 유난스럽게 가꾸는 할머니의 모습을 본다.

최고의 요리 비결

손주들이 할머니에게 절대 해서는 안 되는 말은 "배고파요"라고 한다. 그 말은 할머니들에게 '아사 직전의 울부짖음'과 같다. 할머니들은 내 새끼 굶어 죽을까 상다리가 휘어지게 밥을 해먹이고, 그래도 부족할세라 먹이고 또 먹여서 결국 고통스러울 정도로 배가 부르게 되어버린다는 이야기.

우리 할머니에게 이런 모습을 기대하기는 어렵다. 할머니는 맛있는 음식이 있으면 나와 절반으로 나눠 먹는다. 아니, 사실 할머니가 절반보다 조금 더 먹는다. 이를테면 생선구이에서 가장 큰 토막을 먹는다거나, 삶은 옥수수 중에 가장 큰 것을 골라 가져간다거나. 그러면서 이렇게 말한다.

"난 이따 죽응게."

이따 죽는다는 사람과 밥그릇 싸움 하고 싶은 마음은 좀처럼 들지 않는다.

할머니는 섬세한 입맛과 분명한 취향을 가졌으면서도 요리라는 행위는 좋아하지 않는다. 즉 남이 맛있게 해주는 음식이 할머니에게는 최고라는 뜻이다. 그런 할머니가 맞벌이하는 엄마 아빠 대신 나를 키우면서 요리를 매일 해야 했다.

"불 앞에 서는 게 보통 된 일이 아니여. 너도 나중에 안 하고 살 수 있으면 좋을 텐디. 아이고 승악해라."

헐렁한 팬티 한 장 입은 몸에 앞치마만 걸치고 땀을 뻘뻘 흘리던 할머니가 입버릇처럼 하던 말이다.

할머니의 요리 선생님은 EBS 〈최고의 요리비결〉이었다. 토요일마다 일주일 치 방송분을 몰아서 틀어주곤 했는데, 나도 그 시간에는 채널을 돌리지 못하고 할머니 옆에서 요리 수업을 들어야 했다. 매주 달라지는 선생님들은 된장찌개, 콩나물무침처럼 늘 익숙하게 식탁에 오르는 메뉴도 완전히 새로운 음식이 될 수 있다면서 자신만의 레시피를 선보였고, 할머니는 매번 성실하게 감탄했다. "저 사람은 북어채 무침에 마요네즈를 넣구먼 아닌 게 아니라 고소하겠네." "된장찌개에 양파를 넣으면 들쩍지근해져서 안 좋구먼. 나는 몰랐네." 그렇게 할머니가 주말 특훈을 받고 나면 며칠 후에 마요네즈로 무친 북어채무침, 양파 빠진 된장찌개 같은 음식들이 밥상에 올라왔다. 물론 언제나 맛이 있는 건 아니었지만 그러면서 할머니는 요리가 진짜로…… 늘었다.

할머니는 음식을 하고 나서 마음에 들면 "그전까지는 내가 해놓고도 못 먹겠더니 일흔 넘으니께 좀 먹겠드만"이라는 말로 스스로를 칭찬하고, 밖에서 사 먹는 음식이 맛있을 때도 "이거 참 맛있게 만들었네, 이렇게 만들기가 힘든 건데 대단하네"라며 감탄한다. 평생 밥을 해 먹으면서 스스로도 마뜩잖은 순간이 많았던 할머니는 누군가의 입에 맞는 음식을 한다는 것이 얼마나 어렵고 까다로운 일인지 잘 안다.

그런 할머니와 함께 매일 밥을 먹은 나는 할머니와 음식 취향을 공유한다. 비릿한 젓갈을 잘 먹고, 꾸덕하게 말린 생선을 좋아하고, 들쩍지근한 음식과 느끼한 음식을 싫어하는 내 음식에 대한 선호는 모두 할머니에게서, 할머니가 나고 자란 마을의 밥상에서부터 비롯된 것이다.

내가 제일 좋아하는 음식은 할머니의 생선조림이다. 할머니의 생선조림은 무가 바닥에 두껍게 깔려 있고 그 위에 생선을 가지런히 놓고 고춧가루와 간장 섞은 것을 솔솔 뿌려서 자글자글 조린 것인데 무엇보다도 단맛이 없다. 커피나 위스키, 초밥에 까탈스러운 사람도 있지만 나는 생선조림에 매우 까다로운 기준을 적용한다. 유명한 제주도 갈치조림, 고등어조림 집에 가봤지만 대부분 양념이 너무 달고, 어떤 곳은 고춧가루만 한됫박이고, 어떤 곳은 무가 아니라 감자를 넣어놔서 어디 하나 마음에 쏙 차는 곳이 없었다. 할머니가 애 입맛을 베려버린 것이다. 프랑스 교환학생으로 6개월을 살고 한국으로 돌아오던 비행기에서 '할머니가 해주는 고등어조림 먹고 싶다. 푹 익은 무를 젓가락으로 짜악 쪼개서 먼저 먹고 그다음 고등어 살 발라 '먹고 싶다' 생각했는데, 집 현관문을 열고 들어오니 할머니가 바로 그 고등어조림을 해놓고 나를 기다리고 있어서 눈물을 흘린 적도 있다.

이제 아흔이 넘고 누군가를 위해 밥을 해 먹일 필요도 없어진 할머니는 더는 요리하지 않는다. 밥에 보리차를 부어서 젓갈이나 고모들이 해준 반찬 몇 가지로 한 끼를 때우는 것이 할머니의 보통 식사다.

나는 결혼은 했지만 아침은 커피로 때우고, 점심은 회사에서 먹고, 저녁은 나가서 먹거나 간단한 주전부리로 때울 때가 많다. 아주 가끔 집에서 밥을 해 먹는데, 요리라는 걸 몇 번 해보니 아주 효율이 떨어지는 일이라는 걸 깨달았다. 장보고 손질하고, 유튜브 레시피를 보며 난리법석 끝에 음식을 차리고 나면 막상 먹는 건 20분 되려나? 그 와중에 마주 앉아서 밥 먹는 사람이 스마트폰을 본다? 혹은 맛있다, 고맙다는 이야기를 안 한다? 즉시 숟가락을 빼앗아야 옳다.

생선조림을 이토록 좋아하는 나지만, 생선을 손질해야 하고, 좁은 집에 온통 비린내가 남을 것을 생각하면 집에서 해볼 엄두가 나지 않는다. 그러다가 할머니를 만나면 문득 내가 좋아하던 그 생선조림을 영영 못 먹게 될까 봐 조바심이 난다. 레시피를 알려달라고 아무리 졸라도 "갈치조림 콤퓨타에 쳐봐라. 거기서 알려주는 게 더 맛있지"라면서 안 알려주니, 미칠 노릇이다.

하긴 일흔 넘어 먹을 만해진 요리인데, 너무 쉽게 알려주기 싫을 수도 있겠다. 나도 유튜브 선생님들을 따라 착실히 시행착오를 거쳐봐야지. 일흔에라도 내 입맛에 맞는 생선조림을 해 먹을 수 있으려면.

희귀동물

집 근처에 버려진 철길을 활용해 만든 공원이 있는데 항상 사람이 많다. 그냥 산책하는 사람들도 많지만, 번화가 근처라 사람들의 눈길을 끌고 싶어 하는 사람도 많다. 버스킹하는 사람들도 있고(많은 경우 들어주는 대가로 내가 돈을 받아야 할 것 같다), 행인들에게 길거리 인터뷰를 하는 유튜버도 심심치 않게 보인다.

여기에 새로운 부류가 생겼다. 동물을 데리고 오는 사람들이다. 원래도 강아지 산책의 명소라 예쁜 개를 데리고 나온 사람들이 런웨이에서 걷듯 하면 나 같은 사람들은 개를 마음껏 귀여워하면서 책임 없는 쾌락을 누릴 수 있었다. 심지어 요즘은 너구리, 앵무새, 닭, 뱀, 부엉이 같은 희귀동물이 공원에 등장하면서 강아지는 그다지 화젯거리가 아니게 되었다.

희귀동물을 데리고 나온 사람들은 좀 뻔뻔하다. 이를 테면 부엉이를 어깨에 올려놓고 아무렇지 않게 벤치에 앉아 있는 거다. 그러면 사람들이 부엉이? 부엉이라고? 하면서 몰려든다. 그렇게 기웃거리는 사람 어깨에 부엉 이를 한번 얹어주기도 하며 시선을 즐기다가 홀연히 사 라진다.

할머니와 함께 다닐 때의 좋은 점이라고 한다면 좀……특별해 보인다는 거다. 마치 부엉이 아저씨처럼.

할머니가 선택한 메뉴는 돼지갈비. 고깃집에서 반찬을 놓던 엄마뻘 되는 직원이 우리의 얼굴을 번갈아 쳐다본다. 할머니는 묻지도 않았는데 그 의미를 짐작하고 자기소개를 시작한다.

"내가 아흔다섯인디, 손녀랑 얘 짝꿍이여. 나 심심할까 봐 한 달에 한 번씩 밥 사주겠다고 오는 겨."

점심때를 살짝 넘긴 시간이라 식당이 널널했다. 아주머니는 주방에 있던 동료들을 전부 데리고 나와서 "아니, 이 할머니가 아흔다섯이래. 그리고 여기는 손녀래. 그리고 여기는 손녀 남편이라네. 이렇게 머리가 길고 야리야리한데, 남자라네?" 하면서 우리를 소개해주었다. 나는 아흔다섯에도 씩씩하게 고기를 뜯어 먹는 할머니와 허리까지 오는 긴 생머리를 한 남자, 두 명의 희한한 사람들을 데리고 다니는 희한한 사람이 되었다.

우리를 둘러싼 이모님들이 물었다.

"할머니 식사를 잘하시네. 서비스 좀더 드릴까요?"

할머니는 평소처럼 뻔뻔했고.

"고기 좀 더 먹고 싶은디."

식당 아주머니는 단호했다.

"고기 빼고 다 드릴게요."

"그럼 양념게장 좀더 먹고 싶으네."

양념게장은 추가는 5,000원이지만, 아주머니는 스스로 뱉은 말이 있으니 할머니 앞에 게장을 소복하게 가져다주었다. 내게 먹어보란 말도 없이 게살을 쪽쪽 빨아 먹는 할머니를 보는데 "저 딱딱한 게장을 할머니가 드셔, 신기해라" 하면서 속닥거리는 이모님들의 소리가 어렴풋이 들렸다.

할머니는 조금 쑥스러운지 "식당 사람 다 나와서 구경하고 들어가는 거 보니께 희귀동물이 된 기분이 드네. 이렇게 늙어가지고 밥 먹으러 나다니는 사람이 많지 않은가 비지"라면서 남은 게장을 마저 쪼옥 먹었다.

친구들에게 할머니 이야기를 자주 한다. 할머니는 내가 아는 제일 웃긴 사람이니까.

"우리 할머니는 있잖아. 한 달에 한 번씩 내가 부치는 용돈을 찾으러 은행에 가거든? 근데 하루라도 밀리면 전화해서 '니가 돈을 제때 부쳐야 내가 밥을 속 편히 먹지'라는 거야. 진짜 웃기지."

이렇게 내가 먼저 '나의 희귀동물 이야기'를 시작하면 가끔 다른 이들의 희귀동물 이야기도 듣게 된다. S의 할머니는 귀가 안 들리고 혼자서는 집 밖에 나갈 수 없게 되었지만 손녀가 좋은 남자 만나 시집가기를 매일 아침

기도하며, 점쟁이가 10억 주면 손녀에게 좋은 총각을 소개해준다고 해서 매주 로또를 사달라고 부탁하는 희귀동물이다. J의 할머니는 옷을 예쁘게 입지 않으면 결코 밖에 나가지 않고, 환갑이 다 된 딸에게 "예쁘게 낳아주면 뭐하니, 옷을 예쁘게 입고 다녀라"고 닦달하며, 손녀에게는 "딱 3키로를 빼라"며 잡지 편집장처럼 정확하고 매섭게 이야기하는 희귀동물이다.

우리는 세상에 하나밖에 남지 않은 이 고유한 개체의 속성을 살펴보고 기록하는 연구자처럼 각자의 관찰일지를 공유하며 웃는다. 언젠가 나름의 모양으로 희귀동물이 되어 있을 우리의 모습도 어렴풋이 상상하면서.

4부
사랑한다,
할머니가
봉근 씀

다운이는 기마이가 일품

우리 부산 여행 갔던 날 기억하니.

아침 – 복매운탕

점심 – 돼지국밥

저녁 – 회, 매운탕

그때 여러 가지 먹고 싶은 것 다 먹고, 즐기고.

네 기마이 있는 성격 그때 알았어.

나는 쓸 때 멋지게 쓸 줄 아는 사람이 좋더라.

네 아빠, 엄마한테 보지 못한 멋을 너한테 보았다.

첫째, 먹고 싶은 메뉴가 쿵짝이 맞고.

둘째, 먹을 때 즐거운 감정으로 먹을 줄 알고.

셋째, 돈을 낼 때도 멋지게 궁뎅이가 가볍고.

상대방을 기쁘게 대하는 멋진 사람을 너에게서 보았지.

사상 좋고, 감정 좋고, 낭만적이고, 살 줄 아는 아이.

다운 님 그게 너였어.

나는 행복한 할머니예요.

할머니가.

감정 관리

소통의 중요함을 느낀다. 가족 간에도 소통이 안 되면 밥만 먹고 사는 동물과 무엇이 다를까. 서로 소통이 될 때 감정 관리가 잘되며, 서로 주고받는 사랑의 언어들이 마음을 살찌게 한다. 소통이 안 되는 세계는 생각만 해도 숨이 막힌다.

살맛 나게 하는 소통의 언어들이 있다. 그것이 이야기가 되는 세계. 이야기가 맛이 되고 소화가 되는 감정의 언어들. 얼마나 기쁘고 살맛 나는 언어냐.

가족, 친지, 이웃, 성당 사람들…… 지난 세월 많은 이와 관계 맺고 교류해봤지만 막상 기억이 될 만한 세계는 손에 꼽을 정도였다. 그만큼 소통이 잘되는 관계는 드물다.

그럴 때 나는 내 손녀를 생각한다. 어린 나이인데도 내 말의 깊은 의미를 곰곰이 새겨듣고 내 마음의 이야기를 구슬같이 꿰어 위로의 언어를 던지니 나도 놀라고 그도 놀라곤 했다. 우리 손녀는 가슴 아픈 사람을 어루만지고 위로해주는 사랑의 언어 치료 전문의라고 해도 과언이 아니다.

나는 그런 손녀를 숨을 쉬며 소통할 나만의 친구이자 살아가는 데 활력소로 생각한다. 내가 그에게 편지를 쓰는 까닭은 편지라기보다 내 삶과 소통의 호흡, 연장, 무기라고 해도 손색이 없다. 내가 살아가는 데 할 일이라곤 심심할 때 만지는 책들, 더러 펜 들고 숨을 쉬며 쓰는 낙서들이 전부다. 이 즐거운 취미생활을 주님께서 주시었음에 늘 주님께 감사기도 드린다.

오늘 무사히.
주님 감사했습니다.
나의 사랑에게,
할머니가 씀.

고려장

장사익의 노래 〈꽃구경〉을 들으며 생각했다.

흉년 들고 먹을 것은 없을 때, 노인들이 깊은 산속 웅덩이에서 지내다 죽으라고 고려장하던 시기가 있었나 보다. 아들이 어머니 꽃구경 가요, 하니 어머니는 좋아라 아들 등에 업혀 산속으로 꽃구경 가며 즐거워했다. 깊은 산속에 도달하니 어머니가 갑작스럽게 어머나, 여기가 어디냐, 하자 아들이 말한다. 어머니 죄송해요. 다 소용이 없어요. 깊은 산속 웅덩이 판 데 어머니를 놓고 갈 건데요.

그 시절도 장수하는 노인은 많고 흉년 들어 먹을 것

없고 애들은 많고 어쩔 수 없는 때가 있었던 모양이다.

난 지금껏 장수하였다. 아이들이 화려한 고려장을 마련하여 먹고 싶을 때 배불리 먹고 하고 싶은 것 다 하며 살다 죽으라고 뒷받침하고 있다.

화려한 고려장.

내 방이다.

나는 이 방을 사랑한다.

나 혼자 살기 불편 없고, 애들 자주 만나 즐기고 한 달에 한 번씩 내 손녀가 성민 군과 함께 왔다 가고 앞뜰 꽃밭 물 주며 풀꽃 가꾸고 하늘 보며 바람 마시며 책도 만지며 그 누가 그리울 때 허전할 때 몇 자씩 글로 풀고 나만의 낙, 즐거움이 있으니 그 누구를 부러워하랴 싶다.

하느님 이보다 더 좋은 기쁨이 어디에 있습니까.

행복 주시니 감사합니다.

행복 만끽 할머니가.

늙음의 모습

모 시인의 글을 읽다 웃음이 났다.

가족사진을 찍으니 자기 마누라 얼굴이 떫은 땡감을 씹은 듯 껄적지근. 그것은 결혼 25년 동안 우리가 만든 세상이라 하였다.

하기야 나도 내 늙은 얼굴 보고 나도 모르게 실망한다. 거울 속에 비친 내 모습. 검버섯은 사방에 생기고, 눈빛은 희미하니 힘없이 떠지는 기력 없는 눈빛이다. 초롱초롱한 눈빛은 어디 가고. 남이 보면 싫은 눈빛이 되었다. 요즘은 산책길 걸을 때 앞에 오는 이에게 내 얼굴 잘 안 보려고 고개를 숙이거나 옆으로 고개를 돌린

다. 당당함이 없다. 지난 젊은 날에는 앞에 오는 이 알은
체 악수하고 미소 지으며 밝게 걸었는데 이젠 앞에 다
가오는 노인들의 모습을 보며 나도 저 모습일 텐데 싶
어 낯을 피한다. 이것이 늙음의 모습이다.

늙으면 독보를 즐겨라.
혼자 걷는 즐거움을 찾아라.
혼자 식사를 즐겨라.
고독을 사랑하고 즐기며 살자.
자주 책 읽고 TV 뉴스 보고 시국을 알자.
심심할 때 카카오 틀고 마음 달래자.
그래도 심심하면 화단에 풀 뽑기, 꽃밭 손질, 숨통이
트이게 꽃 솎아주기.
내 마음을 풀들과 이야기한다.
심심한 날 할머니가.

폭염

삼복더위 때 생각나는 어린 시절 어머니가 밥 준비하던 모습.

칼도마 소리와 뒤뜰에서 울어대는 매미 소리가 귀따갑게 울려댔다. 맴맴맴 맘맘맘. 강약 높게 낮게 심심찮게 울어댔다. 어머니의 칼도마도 리듬 맞춰 소리 났다.

할머니와 나는 점심 준비하는 일꾼이 되었다.

물김치, 열무겉절이, 가지나물, 꽈리고추 밀가루 묻혀 찐 것, 황석어무침, 보리대에 구워낸 박대구이.

어머니의 솜씨는 수준급이었다. 그래서 내가 입이 높아져 웬만하면 입에 안 맞는다. 어머니가 그렇게 만들어놓았다. 어머니, 그래서 제가 음식평은 잘해요. 먹어 본 경험은 있어서.

　초복이 지났고 내일이면 중복이다.
　아직 매미 소리는 안 들려오지만 폭염이라 입맛 없고 반찬 없어 반찬집에 들러 비지찜 5,000원, 비름나물 3,000원, 파래무침 3,000원, 부추오징어전 5,000원어치 사 왔다. 재료 사다 준비해서 집에서 만드는 것보다 싸게 먹힌다.
　수박 생각난다. 수박은 커서 사 올 수 없고 오후에 해가 지면 슈퍼 가서 반 쪼개서 팔 수 있냐고 물어볼 셈이다.
　폭염.
　핸드폰에 외출 자제하고 물 많이 마시고 가까운 쉼터로 더위 피하라고 문자 왔다.
　그런데 막상 나가면 더위에 그늘진 곳이 마땅치 않다.

용서를 빌다

할머니, 아버지, 어머니, 작은아버지.

어른들의 선견지명을 어기고 내가 애들 아빠와 사귈 때 어느 날 할머니가 하신 말.

꿈을 꾸었는데 김 선생과 내가 마당에 들어오는데 김 생이 갑자기 개로 변하고 내가 염소로 변하더니 갑자기 개가 염소를 물어 죽였다고. 결혼하면 안 좋을 꿈이라고 반대하셨다.

아버지는 봉근아 그 사람하고 꼭 사귀어야 하냐, 그 사람은 이상을 하늘에 그리고 사는 사람이야. 이 세상에서 성공 못 할 꿈이여, 하셨다.

작은아버지는 늘 그놈하고 널 붙잡아 돼지집에 처넣고 불살라버리고 싶다고, 불행이 보인다고 하셨다.

이 철딱서니 없는 년이 이분들의 말을 어기고 불구덩이로 걸어갔다.

그 착하고 어진 분들의 말을 어기고 흙구덩이로 들어가 만신창이가 되어 헤어 나오지 못하고 우리 집 망하게 한 죄인이 바로 임봉근입니다. 하느님 이제야 깨달아 늦어 용서를 빌어도 이제 너무 늦었습니다.

주님 하나 다행히 손녀, 나의 손녀를 주셨으매 그래도 불쌍히 여기시어 주신 선물로 알고 감사히 통회하며 마지막 길 용서 빌며 묵주기도 바치며 살아갑니다.

먹구름이 덮였던 그 하늘 이제는 파랗고 걷기도 좋습니다.

멧새

집에서 홀로 외로이 지내다 보니 대화가 없고 듣는 이 없으니 반복되는 고독뿐.

변화 없는 생활이니 쓸 말이 없다.

내가 하는 일이란?

다운에게 내 마음을 이야기하고 보고프다 말하는 것 외에는 할 말이 없다.

오늘은 옛날 어린 시절 뒷동산에서 울어대던 새소리가 들린다. 할머니 말씀에 저 새는 마누라 죽고 새끼 죽은 남자가 슬퍼서 죽어 새가 된 다음 “지집 죽고 자식 죽고” 하고 운다고. 새 이름은 모른다.

어느 날 공원에서 몸 돌리는 기구 위에서 몸 돌리고 있는데 뒷산에서 그 새가 운다. 가까이 계신 할아버지보고 "저 새 이름 아세요" 하니 모른단다.

그다음 날 운동기구 앞에 있는데 그 할아버지가 "어제 새 이름 물은 할머니 맞죠?" 한다. "예 맞아요" 하니 "자기 아파트 나무에서 그 새가 울어대기에 자세히 보고 새 책을 찾아보니 멧새예요" 한다. "고맙습니다. 잊지 않고 책까지 보셨다니" 인사를 깍듯이 했다.

먼저 인사했어야 하는데 눈이 어두워 얼굴을 못 알아보고 인사도 못 했다. 늙으니 눈이 안 좋아 실수를 많이 한다. 할아버지 미안해요. 못 알아봐서 인사 못했어요. 뿌우뿌우 울어대던 새가 멧새라고요.

늙음을 한탄하며,

할머니 씀.

사랑

오늘도 입맛이 없다. 참자. 곧 올 테니. 그가 보내온 뉴케어 먹고 기운 차리고 기다리자. 널 생각하면 기쁨이 절로 난다. 고맙다 다운과 성민 군, 난 너희들이 생명의 힘이야.

다운, 네가 어린 시절 방구석 어지럽게 하고 나가면 잔소리하며 치우곤 했지. 네 아빠가 그렇게 치워주니 다운이 버릇을 고치지 못한다고 소리 질러 속상했지. 지금 결혼해서 사는 집 가보면 전과 달리 부엌이 깨끗하여 탄복했다. 보리차도 끓여 먹는 모습에 놀랐다. 내가 물 끓여 먹는 습관을 너에게 물려주었구나. 보리차

습관 되면 냉수 못 먹어, 비위 상해서. 좋은 습관이야. 그렇게 해. 보리차는 약과 같아. 위생 물이지. 화초도 예쁘게 키우고. 어쩌면 그렇게 잎이 웅장하게 피며 자라는지 마음이 시원하더라.

그 집이 명당이야. 돈 있다고 큰 집 가지 말고 그곳에서 살아. 그 집이 마음에 들더라. 그 식탁에 앉아서 벽에 늘어놓은 책을 보면 행복해지더라. 너는 진실한 서방 만났으니 성공했어. 난 네가 부러웠어. 진실한 사랑으로 승화시킨 결혼.

할머니는 너희들 부럽고 자랑스러워.

사랑한다.

할머니가.

꽃잠자리 날려 보내다

다운 어린 시절 평내 살 때였나. 어느 날 다운과 나 둘이서 밤꽃이 많은 산등성이에서 놀았다. 다운 아빠는 막대기에 망을 달아주어 다운과 나 둘이서 종일 산등성이에서 꽃잠자리 잡고 놀았다. 다운 아빠가 데리러 와서 꽃잠자리 저 하늘로 날려 보내자 하고 하루 종일 잡은 꽃잠자리 날려 보냈다. 예수님이 하늘로 부활하며 올라가실 때도 이런 모습이었을까 생각도 들었다.

저 하늘 끝까지 날아가던 꽃잠자리 풍경이 생각나서 적어본다. 다운아, 그때도 좋았지. 너는 어린 시절부터 할머니와 꿀맛같이 다디달게 맛있게 놀곤 했지. 놀기도 재미나게 놀고, 책도 재미나게 보고. 할머니 손 잡고 걸을 때도 할머니가 말하면 쿵짝을 잘 맞추어 이야기도 되고 공부도 되고.

예사로 듣는 게 없었어. 어찌 영특한지 데리고 놀 만했지. 꽃잠자리 날아가니 그 생각나 적어보았어. 그날 날려 보낸 꽃잠자리들 시집가고 장가가고 아들딸 낳고 우리를 생각할까.

할머니가 씀.

어여쁜 소녀의 방

다운아, 이 세상에 태어나서 부모님 말씀 어기고 결혼에 실패했고 조상님께 지은 죄가 커서 하느님께서 벌을 주어 무섭게 고생하고 어머니 불쌍히 살다 돌아가시고 아들과 두 딸 고생시키고 산 죄가 크건만 하느님께서 불쌍히 보셨는지 널 보내주셔서 어린 널 키우며 내 속마음 상처투성이 너덜너덜한 것 다 나았어.

너 키우며 같이 웃고 책 펼쳐놓고 하나를 가르치면 열을 아니 키울 만하더라. 네가 커서 고등학교 다닐 때 집에 와보니 네가 내 방문 앞에 '어여쁜 소녀의 방'이라는 팻말을 붙여놓았더라. 얼마나 고맙고 기특한지. 어쩌면 그렇게 천재적이고 위대한 말로 표현할 수 있는지. 어여쁜 소녀의 방, 그런 말은 하늘에서 시킨 말 같더라. 이런 말 듣고 사는 할머니 조선 천지 어디 있나 물어봐. 그러니 할머니들 세계에 가서 네 얘기 하면 다 탄복하고 부러워했지. 내 자랑거리였어.

아들, 며느리, 딸들 내가 책 읽는 것 좋아하는 줄은 알지만 너처럼 아름다운 말 표현으로 날 기쁘게 한 일 없었거든. 난 네가 보물이야. 내가 죽는 날까지 내 가슴에 안고 숨 쉬고 사는 꽃 보물이야.

하느님 꽃 보물 주시매 감사합니다.

할머니가.

흰 찔레꽃

　나는 흰 찔레꽃을 좋아한다. 그 짙지도 않고 은은한 향기가 고풍스럽다. 내가 일산 살 때 마을 앞에 흰 찔레꽃이 피면 그 밑에 오며 가며 바위에 앉아 있곤 했다. 그 은은함에 취해보려고.

　찔레꽃 아래 돌을 매일 닦아주던 경비 아저씨 김 씨가 생각난다. 그 할아버지가 다운에게도 잘해주었지. 내가 이사하고 나니 서운했던 모양. 나중에 나와 친했던 노인회장이 전했다.

　"김 씨가 할머니 이사하니 서운하대요. 할머니 즐겨 앉던 돌을 요즘도 매일 물청소해. 김 씨가 다운 할머니를 짝사랑했나 봐.”

이해가 가는 말이다. 그는 늘 누가 잡수라 건네주는 음식이 있으면 날 불러 다운과 같이 먹곤 했다. 다운에게 잘해주신다고 다운 아빠도 설, 추석 때면 선물도 드렸다.

그 후 김 씨 할아버지 몸이 안 좋아 퇴사했다는 말을 들었다. 지금은 그도 세상 떠났으리라 싶다. 뜻이 맞아 대화가 되었던 분들 종종 생각난다. 지금도 이때쯤 경비실 옆 돌담 위에 흰 찔레꽃 만개했겠지.

옛 추억 그리며,

할머니가.

그리운 서 여사

중고생 시절 친했던 친구 서 여사 그리워라.

그는 늘 우등생이었다. 같이 공부해도 그는 늘 우등생, 나는 틈만 나면 학교 도서실 가서 책이나 들추고 공부는 영 파이라. 그런데도 서 여사는 늘 내 곁에 있었다.

서 여사는 늘 내게 "야 너한테 진 것 하나 있어야. 책 읽는 것"이라고 말했다. 그와 나는 이화여대에 같이 시험 봐서 그는 법학과, 나는 국문과에 합격했다. 학생증을 받아서 늘 수첩에 넣고 다녔다. 6·25 전쟁 때라 둘 다 학교를 못 마치고 견습 기자 생활을 1년 정도 같이 하다가 소질이 없어 그만두고 회사에 들어가 사감 생활을 했다. 그는 동국무역, 나는 대한전선. 우리는 쿵짝이 참 잘 맞아 한 달에 한두 번씩 만나 식사하고 즐겼다. 월급날 같이 생맥주 한 잔에 닭다리 튀김 하나씩 들고 건배했다.

그 뒤로 그는 반월공단 시장에서 떡볶이, 김밥, 오뎅 장사하다 암으로 57세에 세상 떠났다. 경우가 밝고 베풀 줄 알고 즐길 줄 아는 사람이었다. 그도 결혼에 실패했고 나도 어이없이 결혼을 끝맺고 서로 사정도 비슷해서 신세 한탄하며 위로하곤 했다.

그가 살아 있었으면 어쩜 너는 그런 손녀를 두었니 했을 것이다. 그는 딸 하나이니 날 부러워했을 것 같다. 그가 살았으면 성민 군, 다운과 같이 바람 쐬고 맛있는 것 먹고 놀 때도 같이 있었으련만 하는 생각 절로 난다.

그리운 날, 친구 그리며.

엉뚱한 메시지

다운이는 할머니처럼 어리석은 사람 아니니 걱정은 안 되지만 너에게 이래서는 안 된다는 둥 그게 좋겠다는 둥 하는 메시지를 길게 표현해 보내니 그것이 두뇌 활동도 되고 삶의 활력소가 됨을 깨달았어.

저번 잡지 인터뷰는 처음엔 부끄러워 걱정했는데 몇 번 읽어보니 우리 손녀가 이 불쌍하게 늙은 할머니를 감싸고 어루만져 상처를 쓰다듬는 포인트가 된 잡지라 생각 들었어.

너무 지나치게 내 편으로 기울어진 것일까?

네 성으로 자식 성 올린다는 글. 난 그건 반대야. 그건

나로 끝내고 내 문제니 넌 그래서는 안 돼. 성민이 반듯
한 네 남편이 어때서. 그 성으로 올려야지.

오늘은 이야기가 엉뚱한 데로 흘렀다.

할머니가.

개똥 치운 날

오며 가며 들르는 쉼터에 큰 개똥이 있다. 애들이 놀고 있고 사람들도 많이 앉아 있다. 저 똥을 누가 밟을 텐데 걱정이다. 집에 와서 비닐봉지와 빳빳한 종이를 들고 개똥을 치워도 사람들은 보고만 있다. 치우고 앉으니 좋은 일 한 것 같아서 기분이 좋다. 개 키우는 사람들은 공중도덕을 잘 지킬 일이다.

내가 이곳에 이사 와서 화단을 손질하는데 개똥이 손에 많이 잡혀서 기분이 나빴다. 어느 날 산책하고 오다가 멀리서 보니 우리 화단에 개똥을 던지는 사람이 눈에 띄어 소리쳤다.

“아저씨 그 화단에 개똥 던지지 마세요.”

아저씨는 슬금슬금 도망 갔다.

어느 날 산책길 벤치에 우리 화단에 개똥 던진 아저씨가 앉아 있다. 그가 자기 개보고 하는 말.

“야 이년아 네가 똥 쌌지 내가 쌌냐.”

나 들으라고 하는 모양이다. 강아지 보고 ‘이년아’가 뭐야. 하도 어이없어 다른 곳으로 가 앉았다. 살다 보면 오며 가며 한심한 일들을 많이 본다. 그날은 기분이 영 파이였다. 사람들이여 옆 사람에게 폐 없게 살기를 희망합니다.

개똥 치운 날,

할머니가.

광천 새우젓

새우젓은 아주 작은 것보다는 조금 더 큰 중새우젓, 색은 노리끼리하게 푹 삭은 것이 좋다. 나는 충청남도 산골에서 태어나 늘 밥상에는 광천 새우젓이 올랐다. 서울에서는 그런 새우젓을 구경도 못했다. 하얀 잔새우젓뿐이다. 어린 시절 입에 밴 새우젓 맛이 지금도 안 잊힌다. 돌아가신 우리 엄마가 양념에 무쳐서 밥상에 놓았던 그 새우젓 생각만 해도 침이 돈다. 엄마가 무쳐놓은 중새우젓 맛이 그리운 날이다.

창밖으로 비가 주룩주룩 내리는 소리, 부엌에서 들리는 어머니 칼판 소리, 점심 준비하고 새우젓 무쳐놓고 푸성귀나물, 새우젓국 끓여놓고 점심 먹어라 하는 소리 들리던 시절…….

그때가 그리운 날이다.

돌아가신 어머니 손맛이 그립고 보고픈 날이다.

어머니 저세상에서 잘 사실 것을 믿으며 보고 싶은 마음과 감사한 마음 전하며.

책의 즐거움

그동안은 스무 개 산 볼펜이 쓸 일 없이 수북이 있었는데 올 봄부터 다운 성화로 글을 쓰니 벌써 5, 6개월 사이 동났다. 소비하는 물건에 변화가 왔다. 마트에 들러 스무 개 들이 볼펜을 또 샀다. 볼펜을 자주 만지다 보니 내 손마디에 굳은살이 박였다. 대단한 글 쓴 것도 없는데.

바느질, 뜨개질, 음식 등은 소질도 없고 재미도 없는데 머리에 늘 책 생각이 떠오른다. 책을 대하면 마음이 포근해지고 행복해지고 마음에 평화가 오고 즐거움이 용솟음친다. 남을 부러워할 것 없다. 돈이 없어도 책만 보면 배가 부르다. 이 세상 무엇을 바라랴. 행복을 쟁취해 사는 즐거움. 이 행복은 남이 주는 것이 아니라 내 스스로 느끼는 행복이다. 내 삶의 원동력이 된다.

학교 다닐 때 우등생은 한 번도 못했지만 책 안 보는 우등생은 딱 질색이었다. 그런 우등생들을 대하면 언어의 맛이 없었다. 그래서 나는 책을 가까이 두고 산다. 하느님께서 내려준 책 취미 덕이다. 감사 기도 드리며 펜을 놓는다.

잠이 안 와 새벽에 책 취미에 감사드리며,

다운 할머니가.

전화벨 소리 그리운 날

다운아, 너는 회사 일로 바쁘다지만 일주일에 한 번 전화할 틈도 없단 말이냐? 네 아범은 내가 너한테 시도 때도 없이 전화질을 해서 네가 마지못해 날 네 집에 오라고 한다며 핀잔을 주더라. 볼품없는 소리에 정나미가 삼천리 도망갔다. 나를 널 괴롭히는 할망구로 여기더구나.

하도 기가 막히고 말문이 막히고 생각할수록 괘씸하고 서운하고 정이 뚝 떨어지더라. 늙은 에미가 혼자 살며 오죽하면 손녀한테 전화하랴 싶어 하기는커녕 인정머리 없이 한다는 소리. 너한테 자주 간다고 야단이더라. 그쯤 되면 내 새끼지만 상종 못 할 놈이더라. 너한테

233

자주 가 너희들 성가시게 한다고 날 평가하더라.

내가 이곳에서 홀로 살며 만나는 이 없고 이야기 상대 없고 외로워서 너 쉬는 날 전화해 네 음성이라도 들으면 조금 위안이 될까 싶어서 점심시간 아니면 토요일, 일요일 전화 더러 한다지만 이마저 용납이 안 되는 네 아비는 상종 못할 놈이야.

고독 생활에서 벗어나 주고받는 너의 전화 소리가 그리울 때가 있어. 요새는 아침저녁으로 제법 선선하구나. 가을이야. 그 더웠던 여름은 가고 가을이 성큼 다가왔어야. 가을 길 네 손잡고 산책하던 길 그리워라.

네가 보고픈 날,

할머니 씀.

유감

내가 다운에게 자주 전화하고 네 딸의 근무에 해를 끼칠까 봐 심히 걱정하는 심정 아는데, 아들아 걱정 마라.

다운이 가끔 "할머니 우리 집 와서 이틀 밤 자고 맛있는 것도 먹고 해" 전화 오면 그들 집에 가서 산책도 하고 그동안 홀로 독수공방 외로웠던 답답함을 풀고 오느니라. 그것도 안 되면 숨 막혀 죽으라는 말이냐.

너는 하나만 알고 둘은 몰라. 에미 외로움도 전혀 생각지 않아.

효자도 아니고 불효자도 아닌 너의 행위, 언사 심히 유감이다.

다운에게 폐를 끼치는 행위는 안 한다.

염려 마라. 안심하고 살려무나.

에미가.

아들에게
미안한 생각이 들어서

저번에 전화 문제로 아들에게 옹졸하게 욕을 퍼부었던 에미 마음이 좋지 않다. 하기야 그가 에미와 다운과의 사랑 세계를 알 턱이 있나 싶으니. 그럴 만하겠구나 생각된다. 사랑의 세계는 멀고도 먼 심오한 세계라서 우리의 마음은 표현할 수 없는 우주에 비할까. 할머니의 사랑 노래는 하늘과 맞닿아 있다고 할까?

내 희망이 좌절되고 나의 꿈은 허사로 돌아가고 내 한을 다운에게 넋두리하다 보니 사랑의 깊이가 한도 없고 끝도 없는 끈으로 연결된 것 같다. 이러한 심오한 사랑을 그 누가 알겠느냐는 말이냐. 세월이 흐를수록 나의 노래는 짙어지고 강해져서 춤꾼이라면 실컷 한풀이 춤이라도 출 텐데 그러지 못하니 방 안에 갇힌 새처럼 홀로 종종거리는 것이다.

누구와도 통할 수 없는 언어가 있다. 딴 사람과는 딱히 할 말이 없는데도 다운을 만나 손을 잡고 걸으면 생수처럼 솟는 사랑의 언어들이 신기하기도 하다. 그것도 친구도 아닌 자식도 아닌 손녀인데 가장 배짱이 맞는 명콤비가 되었으니 내가 널 만나면 행복하고 살맛이 나서 말이야. 먹거리도 같이 먹으면 맛나고 젊어지는 마음이야. 명을 이어주는 너의 언어들은 하늘의 축복이지. 좋은 일도 못하고 살다 가는 보잘것없는 할매인데 하느님께서 손녀 복을 주시매 감사 기도 드릴 뿐이야.

사랑하는 다운아, 안녕.

예방주사 맞은 날

내과에서 독감 예방주사 맞았다. 전과 달리 질서 있게 진행해서 수월했다. 주사 맞는 사람들 돌아보니 전부 할아버지 할머니들이다. 이렇게 나부터 예방할 것 다 찾아 맞고 약도 미리 먹고 사니 죽지 않고 장수한다.

주사 맞고 나오는데 어떤 할아버지가 "90세 넘으셨지요?" 하고 묻는다.

"아니요, 안 넘었어요" 하니 "예?" 하고 놀란다.

가는 그의 뒷모습을 보니 어이없다. 이렇게 볼품없는 말솜씨라니. 뒷맛이 안 좋다.

집에 와 옷을 벗으니 핸드폰 벨소리. 받아보니 복지관

이다. 10월 14일부터 정약용 사상과 한시풀이 강의를 신청했는데 폐강되었다고 알려준다. 강의료 반납해줄 테니 계좌번호 대라고 한다. 뒷맛이 안 좋은 일만 생기는 날이다.

바람이 많이 불어 불안한 날이다. 나무 그늘에 앉아 묵주기도 올리고 싶은 마음도 희미해진다. 좋은 세월 다 간 것 같은 마음이다. 11월부턴 일주일에 두어 번이라도 복지관 커피숍에 들러 차 한 잔 시키고 서너 시간 앉아 사람 오고 가는 풍경 바라보며 노닐어야 할 것 같다. 바깥 길가 벤치가 이젠 싸늘하게 느껴진다. 폐강 소식에 기운이 떨어진다. 무엇을 듣고 말할 사람 없구나. 오로지 뉴스, 카카오 노래, 몇 장씩 책 들춰보는 낙 빼고는 할 일 없으니 말이다.

다운아 전화 좀 주렴.

할머니가.

꽃보다 아름다운

　책을 몇 줄 읽다 눈이 피곤하여 카카오 틀어놓고 잠이 들었다. 눈을 뜨니 '사람이 꽃보다 아름다워' 하는 노래가 들려왔다. 문득 다운, 성민 그대들이 생각나서 펜을 들어 몇 자 적고자 한다.

　그대들은 꽃보다 더 아름다운 사랑을 하고 있다고 믿기에 부러움과 그대들의 모습을 가까운 시일 내에 보고 싶음을 전합니다. 나는 언제나 생각합니다. 사랑이 있는 곳에 행복이 있다고.

　인생을 세 토막으로 구분하면 초년, 중년, 노년. 나는 노년에 다운과의 사랑을 손꼽습니다. 그 무엇보다도 내가 좋아하는 책을 늘 교보문고 가서 나와 같이 골라 사주는 멋스러운 동반자. 마음의 애인이었다고 자부합니다. 그 무엇보다 나는 책을 제일 좋아했거든요. 마음에 드는 책을 쓴 분들이 그리운 날이기도 합니다. 사람은 누구나 떠납니다. 사랑하고픈 사람들이 떠날 때, 그분들의 글이 그리워질 때, 추억 모두 가슴에 포옹하고플 때 책을 읽고픈 날이기도 합니다.

나는 요즈음 피천득, 이어령, 법정스님, 최인호 글들이 퍽도 읽고픈 때가 많습니다. 더러 서점에 들러 더듬어보지만 그분들의 글은 없습니다. 젊은 세대들이 찾지 않아 갖다놓지 않는다는 말인데, 세대 차이라고 할까. 나는 고전 서점이나 가야 맞을 것 같습니다. 추억의 글, 위안이 됐던 글, 생명체로의 글, 영원히 늙지 않는 글……. 아, 그들은 가고 헛헛함만 나를 감쌉니다. 이런 날엔 다운 님, 성민 님이 그리운 날이기도 합니다.

사랑하는 그대여,

그 사랑 영원하라.
그대들의 사랑을 질투하며.
할머니가.

내 마음의 테푸

감정의 말뚝은 변함이 없지만 말뚝에 매달려 시시각각 그때그때 변하는 감정은 어찌할 수 없다.

봄꽃이 피어 설렐 때 다운 너를 생각했다. 손잡고 같이 걷고파서. 그 꽃이 흰 눈처럼 휘날릴 때도 같은 심정이었다.

봄에 비가 오는 날은 가슴이 벅차올라 침 꿀꺽 삼키며 방에 들어와 책을 펴고 마음에 드는 구절을 읽었다. 눈이 흰나비 떼처럼 휘날릴 땐 그리운 사람, 마음이 통하는 친구를 만나리. 눈을 밟으며 친구 찾아 치킨 한 쪽에 맥주 한 컵을 건배하며 생을 달랬었지. 옛날 친구 서 여

사는 일찍이 저세상에 갔고 더러 사귀어봐도 그만큼 감
정이 통하는 이는 없었다. 이제 난 늙어버려 감정도 메
마르고 몸도 약해지고 마음은 옛날과 똑같지만 마음뿐
이고.

한 달에 한 번씩 오는 손녀와 그의 짝을 만나면 세대
차이는 있지만 그들은 날 맞춰주려고 노력함이 선하다.
내가 말년에 복이 있어 손녀와 그의 짝이 허전함을 달
래주고 가슴에 품어내지 못한 감정을 품어내기도 하니
고마울 따름이다. 좋은 일도 못 하고 늙어버린 내 삶에
한도 많지만 내 부족함인데 어쩌랴.

나머지 생 이대로만 살다 아프지 않고 살다 가게 하소서.

눈이 녹아 산책하다 따뜻한 햇볕 쬐고 방에 들어와 펜
을 쥐니 이 또한 반복되는 나의 테푸.

사랑한다 너희들.

할머니가.

행복과 불행

다운 성민 내 집에 오다. 지난 추석 때 보고 두 달 반 만에 보다. 점심은 돼지갈비 푸짐하게 먹다. 옆에서 써비스 도움 아줌마가 손녀와 손녀 신랑이랑 같이 할머니 모시고 와 식사하는 모습은 처음이라며 나 또한 아흔 다섯 치고 젊고 밝게 보인다며 도우미 아줌마들 너대섯 명 내 식탁에 데리고 와 희귀동물 바라보듯 했다. 좋은 일인지 서글픈 일인지 마음이 교차하는 순간이었다.

그리고 써비스로 게장 한 접시 받다. 내가 게장 실컷 먹고 싶다 했더니 할머니한테 써비스한다고. 게장 정말 맛있게 먹다. 식사 끝난 후 책방에 들러 다운이 내가 보고픈 책 골라 네다섯 권 사주다. 그리고 이마트에 들러서 쌀 5킬로그램, 떡갈비, 닭발, 갈비탕 사주다. 집에 운반해놓고 옆집 커피숍 들러 차 한 잔씩 마시고 4시 반 경에 성민과 다운 오후 결혼식이 있다며 일어나다. 12월 말 다운 집에 내가 가기로 약속하다.

인생에 행복, 불행이 있지만 난 참 행복한 노년을 만끽하고 있음을 느끼며 살고 있다. 불행은 내 사전에 없다. 내가 좋아하는 작가들 책을 들춰봐도 손녀와 그 짝이 와서 밥 사주고 필요한 것들 구입해주고 책방에 들러 책 사주는 풍경은 아직 못 봤다. 지치지 않게, 목마르지 않게, 허전하지 않게 갈증 해소, 두뇌 영양 보충, 치매 예방하라고 책을 구입해준다.

이 얼마나 호사스럽고 아름다운 삶의 풍경이냐.

하늘에, 땅에 환호 나팔 소리 외치노라.

다운, 성민군 오늘 행복했다. 너희들이 멋지게 보였어. 고맙다. 안녕.

행복한 할머니가.

오늘 같은 토요일

오늘은 토요일인데도 다운은 전화 한 통도 없고 밖에 날씨도 먼지 하늘이라 나가기 싫은 날. 하도 심심해서 옛날 노래 모음집을 꺼냈다. 내가 좋아하는 노래 다운과 같이 노래 부르며 지냈던 흔적들. 옛날이 그립군요. 그래도 같이 지냈던 추억이 간절하군요. 노래 모음집을 펼치니 다운 네가 할머니 생일 축하한다고 최인호의 책을 선물하며 같이 준 네 편지가 있어 거기에 몇 자 적어 봉투에 넣어 보낸다. 나한테 보낸 그 많은 편지 다 없어지고 이것 하나뿐이네.

다운아, 너는 옛날에도 그랬어. 내가 더 널 찾고 사랑한다고 넋두리했지. 너는 건성이었어. 홀로 있는 할머니한테 쉬는 토요일 일요일도 전화 한 통 없이 지나는 이게 바로 너야. 난 가끔 옛날에도 네 속을 뒤집어놓는 습관이 있었지. 이 순간도 네 속을 뒤집어놓고 싶은 시간이야. 내가 널 90퍼센트 사랑한다면 넌 20퍼센트밖에 날 사랑 안 해. 그러니 토요일도 일요일도 전화 한 통 없이 넘어가지. 너 같으면 서운하지 않겠어? 어떻게 만날 때만 전화하니. 먹기 위해서 만나는 할머니야?

이렇게 내가 네 속을 썩이면 너는 "아니— 할머니 왜 이래" 하지. 그렇게 찡찡대며 이야기하고픈 날이다. 이렇게라도 속을 내어놓으니 좀 마음이 가라앉네그려. 네가 보고 싶고 네 목소리가 그리운 날이라서 폭발했다.

사랑한다.

할머니가.

내일은 크리스마스

사랑하는 이가 내 마음을 헤아리지 못하고 한 달 가까이 전화 한 통 없을 때 나도 모르게 삐친 글을 쓰게 된다. 어리석은 일인 줄 알지만 내 마음의 테푸는 질투 섞은 감정으로 표현되고 만다.

너는 옛날에도 그랬고 지금도 "그저 나만이 너에게 다가가 사랑해달라고 넋두리하는 거지?" 내가 말하면 늘 "아냐, 할머니 사랑하고 지금도 사랑하고 있어"라고 한다. 그러면 감겨 있던 나의 테푸가 슬슬 펴진다. 그게 사랑의 감정인 듯싶다.

어제는 퇴근길에 손녀가 "할머니 크리스마스 잘 지내

세요. 카카오에게 크리스마스 노래 틀어달라고 해”라며 전화 왔다. “편지 속에 날 욕했대?” 덧붙인다. “왜 내 욕해” 하며 웃는다. 마음의 위로가 된다.

내일은 크리스마스다. 딸 둘이 같이 시간 내어 식사할 시간이 안 된다고 한다. 그래도 크리스마스 때는 그리운 이를 만나 고였던 그리움을 털어놓고픈데. 다운에게 난 널 보고파 눈이 빠질 뻔했다고 넋두리했다.

서 여사가 그리운 날이다. 친구는 단명해서 일찍 갔고 무슨 쪼간인지 난 명이 길어 또 한 해를 넘기고 있다. 나도 놀라서 현기증이 날 정도다. 늘그막에 내 사랑하는 손녀 다운마저 없었더라면 적막강산이 더 짙었을 것. 가끔 만나 맛있는 것 먹고 손잡고 산책하고 커피숍에 앉아 차 마시며 그리움 고인 언어로 서로를 품는 시간이기도 하다. 사람들이 희귀하게 생각해 늙은 모습 구경도 오고 하니 그게 즐거운 일인지……. 서글픈 생각도 든다. 다운아 안녕.

친해지자

다운아 네가 없었다면 우리 집은 어떠했을까? 이렇게 내가 나이를 먹어서도 건강했을까? 너는 항상 외롭지 않으냐며 마음을 쓰다듬어준다. 언제였더라 네가 한 달에 한 번씩 오다가 두 달 만에 왔길래 "할머니 한 달 만에 만나러 오는 것에 지쳤구나. 두 달 만에 왔네. 지칠 만도 하지" 하니 "아니. 질리지 않았어. 회사 일이 바빴을 뿐이야" 할 때 기쁘고 고맙고 동시에 놀랐어. 너는 언제나 오아시스가 되어주었어. 크리스마스도 같이 보내자며 너의 짝이 날 데리러 오는 그 마음씨가 고마웠어. 25일 크리스마스 날 소고기 구워 맥주 한 잔 건배할 때, 징글벨 노래 흘러나올 때 어찌도 고기 맛과 맥주 맛이 고소했던지. 음식도 때와 장소, 같이 먹는 이에 달렸나 봐. 너무도 기쁘고 행복했어.

"잘 있어, 잘 가" 인사한 지 이틀밖에 안 되었는데도 또 보고 싶으니 이것 또한 큰 병이고만. 너는 내가 간혹 남을 하찮게 얘기할 때 말문을 딴 곳으로 리드한다. 너는 나보다 한 수 위야. 지나고 나면 고맙기도 해. 네가 하는 말이 옳았으니까. 우리 서로 관심이 있고 그리워하는 세계이니 하느님의 축복일지라. 당분간 헤어지고 또 만나고 우리를 성숙시키는 기간으로서 좋은 열매 맺기를.

다운, 성민 안녕.

고마웠어요. 새해에도 친해지자.

할머니가.

책을 쓰면서 몇 번이나 같은 꿈을 꾸었다.

아빠에게서 전화가 걸려오고, 아빠의 목소리가 들린다.

"할머니 돌아가셨다. 얼른 집으로 와라."

그러면 나는 눈물을 콸콸 흘리면서 달려간다.

'에이씨…… 책 빨리 쓸걸.'

'오늘내일'하는 할머니와 미래의 일을 도모한다는 게 이렇게나 사람을 불안하게 했다.

할머니와 우정을 나누는 일은 언제나 애틋하면서도 또 조금은 버거운 일이었다.

할머니는 나를 실제보다 더 관대하고, 다정한 사람으로 생각하고 이를 여기저기 자랑하고 다님으로써 나를 꼼짝 못하게 만들어버린다.

나는 그 기대에 맞는 손녀가 되고 싶어서 한 달에 한 번 기차를 탔다. 스스로 꽤 기특하다고 생각하면서.

그런데 할머니가 내게 보내온 글을 찬찬히 살펴보니 할머니에게는 나만 있는 게 아니었다.

노인복지관에서, 벤치에서, 화단 앞에서 자기만의 세계를 촘촘하게 꾸리고 있는 할머니가 보였다.

내가 할머니를 찾아가지 않는 나머지 시간 동안, 할머니의 길동무들이 할머니 곁에 있었다.

그 사실을 알고 나니 마음이 놓이면서 조금 부끄러워졌다. 나 혼자 할머니를 책임지는 것처럼 굴었던 것이.

뭐가 어떻든 간에, 결국 나는 할머니를 너무 사랑한다.

그래서 할머니의 사랑을 받아보겠다고 이번 달에도 기차를 탄다.

2026년 봄,

임다운

오늘내일하는 사이

© 임봉근·임다운, 2026

초판 1쇄 발행 2026년 4월 8일

지은이 임봉근·임다운

펴낸곳 (주)안온북스 **펴낸이** 서효인·이정미
출판등록 2021년 1월 5일 제2021-000003호
주소 서울시 마포구 월드컵로14길 28 301호
전화 02-6941-1856(7) **홈페이지** www.anonbooks.net
인스타그램 @anonbooks_publishing
디자인 오혜진 **제작** 영신사

ISBN 979-11-92638-84-3

| 이 책의 내용을 재사용하려면 반드시 사전에 저작권자와 (주)안온북스의 서면 동의를 받아야 합니다.
| 인쇄, 제작 및 유통 과정에서의 파본 도서는 구입처에서 교환해드립니다.
| KOMCA 승인필.